ゃんへ

男 て、なかなかない！

無理に告白するより今のクラスの雰囲気《ふんいき》を

楽しんだほうがいい。そのほうが想い出が

いっぱいできるかもよ。

時間がたつと、自然な流れで男女の距離《きょり》が

できてくると思う。

そしたら、告白してみたらいいんじゃないかな？

フェアリーより

みんなの恋の相談《そうだん》、お悩み、大募集《だいぼしゅう》!!

女の子の絶対《ぜったい》の味方《みかた》・フェアリーがみんなのお悩みに答えます。
フェアリーに相談したいことをお手紙に書いて、下の「あてさき」に
送ってね★ フェアリーががんばって答えちゃうよ！

あてさき

〒160-8565
東京都新宿区大京町 22-1
ポプラ社児童書編集部
「教えて！フェアリー」係

フェアリーに相談したいお悩みと、
●お名前、●ペンネーム、●住所、
●電話番号
をかならず書いて送ってね。

みんなの恋と友情を、フェアリーは応援《おうえん》しています！

掲載《けいさい》させていただく場合は事前にご連絡《れんらく》させていただき、ご許可《きょか》とご確認《かくにん》をとらせていただきます。

お願《ねが》い！フェアリー♥

山ガールとなぞのラブレター

みずの まい

カタノ トモコ・絵

ねえ。
なんでも話せるひとって、いる？
どんなに仲《なか》がよくても、
友だちには話せないこと、
お母さんには相談《そうだん》できないことって、
絶対《ぜったい》にあるよね。
でもね……。
わたしには、なんでも話せる
絶対の味方《みかた》がいるんだよ。
ね。フェアリー！

人《じん》物《ぶつ》紹《しょう》介《かい》

水《みず》野《の》いるか

学年一のダメ小学生だが、
フェアリーにはげまされ、
日々がんばっている。
柳田《やなぎだ》のことが大《だい》好《す》き。

柳《やなぎ》田《だ》貴《たか》男《お》

勉強《べんきょう》も運動《うんどう》もできる、クールな男の子。
じつは、とてもやさしい。ただし女心には超鈍感《ちょうどんかん》。

西《にし》尾《お》エリカ

クラスの女王的存在《じょおうてきそんざい》。柳田のことが好《す》き。

宮《みや》島《じま》　優《ゆう》=手《しゅ》芸《げい》くん

手芸《しゅげい》の天才《てんさい》。やさしい性格《せいかく》だが、
手芸のこととなると強気《つよき》。

白《しら》河《かわ》茶《ちゃ》美《み》子《こ》

いるかちゃんのクラスメート。柳田の隠《かく》れファン。

もくじ

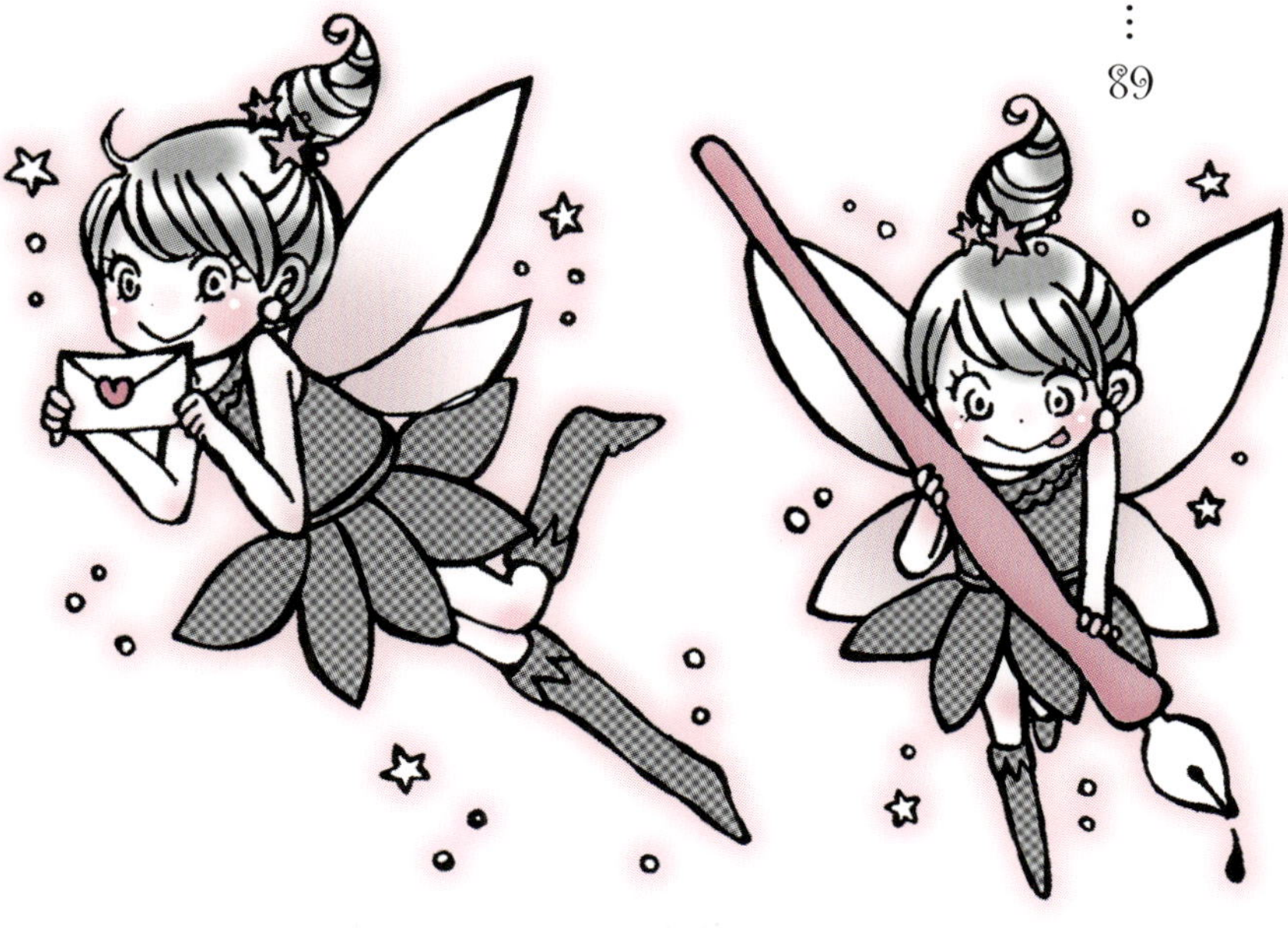

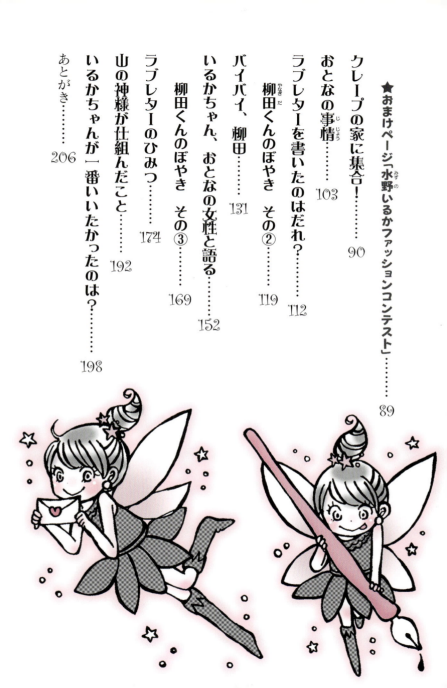

山の上でプロポーズ？

「火、水、木……」

右手の親指、人さし指、中指とじゅんじゅんにおっていく。

「火、水、木……」

もう一度、今度は左手で三本の指をおる。

まちがいない。火、水、木、つまり三日間、柳田《やなぎだ》と話していない！

わたし、水野《みずの》いるか。光陽《こうよう》小学校六年三組。

そして、片思いの相手も同じく、六年三組の柳田貴男《たかお》。

けど、けど、けど……。

前ほど、片思いじゃないというか。

うぬぼれているかもしれないけど、だいぶ話せるようになったたし、思い出らしきもののもいくつかできたし。

でも、こうやって数えてみると……はあ。

三日間も話してないんだなあ。

「どうしたの、いるかちゃん。朝から住宅街のど真ん中でため息ついて。遅刻《ちこく》しちゃうよ」

「あ、フェアリー」

この子は、フェアリー。小さいけど強力なわたしの味方。

わたしと柳田《やなぎだ》が前よりたくさん話せるようになったのも、この子のおかげ。

ただ、とつぜん現《あらわ》れて、勝手に消えちゃうから、ときどき困《こま》る。

わたしは指をおるのをやめて、学校にむかって、再び歩きだした。フェアリーもついてくる。

「あのね、フェアリー。月曜に一言話したきりなんだ」

「へ？」

「へ？　じゃないよ！　だから、柳田《やなぎだ》と、月曜の朝、昇降口《しょうこうぐち》でおたがい『おはよう』っていって、それから、ずっと話してないんだよ！」

「ええ！　ひょっとして、それで、火、水、木、って指おって数えてたの？」

「そうだよ。そして、きょうは金曜日。このまま、きょうも話さないと、四日間話さなかったことになる」

フェアリーは、「そんなこと考えているんだ」というふうにわたしをみた。

「つまり、いるかちゃんは、柳田くんと毎日お話したいの？」

「そりゃ、まあ」

「じゃあ、毎日、話しかければいいじゃん」

「わかってないなあ。柳田は、ふだん、男子と行動してるんだよ。それに、わたしと柳田って家が近いぐらいしか共通点がないじゃん。だから、そんなしょっちゅう話せないんだよ」

「家が近いんだから、毎日、いっしょに学校にいこう、帰ろうっていえばいいと思うけど」

「そんな、ずうずうしいこといえないよ！」

わたしが強い声をだすと、フェアリーはふしぎそうな顔をしていた。

フェアリーの顔をみていると、自分が、少々めちゃくちゃなことをいいだしていることに気づく。

「なんていうか……。ぜいたくになっているんだよ」

「ぜいたく？」

「昔は、ぜんぜん話せなかったから、ちょっと話せたとか、友だちっぽくなれたってだけでドキドキしていたのに、ここまでくると、もっと仲《なか》よくなりたいっていうか。自分の気持ちわかってほしいとか、毎日話したいとか」

「なるほど……あ！」

「何？」

急にフェアリーの声が小さくなる。

「お話できなかったのは三日で終わり」

といって、消えてしまった。

「え？　何」

すると……。

「いるか」

って声がうしろから聞こえてきた。この声は……！

ふりむくと、いた！　柳田《やなぎだ》が！

わたしは、高鳴る鼓動《こどう》をおさえながら、

「な、何？」

と、わざとそっけなく答えてみる。だって、ここでうれしさ満点《まんてん》の顔したら、意地汚《きたな》いみたいでやだもん。

柳田は、自然《しぜん》にわたしのとなりにならんできた。

ふと、横顔をみる。あれ、なんだろ。悩《なや》んでるというか、深刻《しんこく》というか、何かあったのかな？

「あのさ、いるか」

「う、うん」

やだ。どうして、緊張《きんちょう》しなきゃいけないの。でも、柳田《やなぎだ》、いつもとちがうからさ。何いいだすんだろうって、身がまえちゃうよ！

「結婚《けっこん》ってどう思う？」

それは想像《そうぞう》もしていない言葉だった。

わたしは聞きまちがいかと思い、「え？」と聞き返した。

「だから、結婚だよ」

歩いていた足がピタリと止まる。

金しばりにあったみたいに、ランドセルのベルトをつかんだまま全身が動かない。

けっこん……。なんで？　どうして？

柳田、急にそんなことをいいだしたの？

それにどうしてわたしは動けないの？　なんでひとりで立ち止まって、やかんみたいに真っ赤になって耳から蒸気《じょうき》をだしてるの？

「お、おい。何、止まってるんだよ」

柳田《やなぎだ》が、立ち止まっているわたしに気づき、あわててもどってきた。

「え、だから、その……」

だめだ。ぜんぜん、言葉がみつからない。

「わるい。急にバカみたいなこといって」

柳田が頭をかきながら歩くので、わたしもついていく。

別《べつ》にバカみたいじゃあ。ぜんぜん、バカみたいじゃあ。ただ、なんで結婚《けっこん》なんて急にいいだしたのかなって。

そのとき、わたしの頭の中で、勝手に一枚《まい》の画像《がぞう》ができあがった。

ウェディングドレスのわたしと、タキシードの柳田。

うしろからフェアリーが花びらをちらす、そんな画像が！

ば、ばか。いるか、何、妄想《もうそう》してるの！

「まあ、このことはいいや。それよりおまえ、日曜日、空《あ》いてる？」

その言葉は、わたしにさらなる大きな衝撃《しょうげき》を与えた。

日曜日、空《あ》いてるって？　で、でーとってこと？　それで、つぎは、結婚《けっこん》！

いや、そんなばかな。まだ、わたしたち小学生だし!!

「久しぶりに、家族で山登りするんだよ」

「へ？」

「つまり、おれと、父さん母さんで山登り。よかったら、おまえもこない？」

山登り……。柳田《やなぎだ》と、柳田のお父さんと、お母さんと……。

まさか。それって、わたしを柳田ファミリーとしてむかえるってこと？

時代劇《げき》でみたことある。すごい昔は、小学生とか中学生ぐらいで、親に婚約者《こんやくしゃ》を決められたって。

今度は、わたしの頭の中に、画像《がぞう》ではなく映像が勝手に流れだした。

山の頂上《ちょうじょう》についたわたしたち。

そのとき、おじさんがいう。

「いるかちゃん、貴男《たかお》はどうやらいるかちゃんのことが好《す》きらしいんだ。ただ、こういう性格《せいかく》でなかなかストレートにだせない。だから、いるかちゃんのほうから、もっと仲《なか》よくしてあげてくれ」

柳田《やなぎだ》は、顔を真っ赤にして「勝手なこというな」ととり乱《みだ》す。

でも、おばさんは、

「まあ、てれちゃって。どうせなら婚約《こんやく》すれば」

と、口にする。

どうしよう！　そんなことになったら、どうしよう！

「おい、いるか。それで、いくのかよ、いかないのかよ」

柳田の声で、わたしは、はっと現実《げんじつ》にもどった。

そうだ、ひとりで妄想《もうそう》してる場合じゃない。答えないと。

「いく！　山登りする！」

「よし、決まりだな。じゃあ、日曜日八時に光陽駅《こうようえき》。鷹尾山《たかおさん》っていう、初心者や遠足にもってこいのラクな山だから、リュックにおむすびでも入れてくれれば、何もいらない。むしろ弁当《べんとう》は軽いもんにしとけ。じゃあな」

知らぬ間に、校門の手前まできていて、柳田は、教室にむかう男子の一団に入っていいった。

日曜日、山に登る。しかも、柳田《やなぎだ》ファミリーと！

つまり……わたしも柳田家のメンバーってこと！

体中にときめきというパワーが、ぐんぐんとみなぎっていった。

わたしは、羽でも生えてるかのような足どりで校門をくぐり、昇降口《しょうこうぐち》で外履《そとば》きを上履きにはきかえる。

そのとき、同じく、上履きにはきかえている西尾《にしお》さんと目があった。

西尾さんは「にやにやしてへんな人ね」って顔をして、スッと、廊下《ろうか》を歩いていった。

西尾さんって、美人でおしゃれで柳田のことが好《す》きで、よく柳田とうわさされているんだけど、なんだかきょうは、優越感《ゆうえつかん》！

西尾さ〜ん、わたし、日曜日に柳田ファミリーと山登りするからね。

それで、ひょっとしたら、ひょっとして。

ふふふ。ふふふのふんふん。

「いるかちゃん、ニコニコっていうか、ヘラヘラしちゃって、どうしたの？」

横をみると、白河《しらかわ》さんが、上履《うわば》きにはきかえていた。

「え、あ、ちょっと」

わたしは、両手をパーにしてごまかした。

そうだ、白河さんだけには、いってみようかな。

柳田《やなぎだ》ファミリーと山に登るんだって。

けど、言葉がのどもとでぴたりと止まった。

だって、白河さんも、柳田のこと、ちょっと好《す》きなんだよね。

へたすると、自慢《じまん》みたいになる。

「なあに、いるかちゃん。今何かいおうとしなかった?」

「う、ううん。別《べつ》に」

わたしは、ごまかして、教室にむかって歩きだそうとしたんだけど……。

ふと、気づいた。白河さん、いつもとちょっとちがう。

気のせいかな? ほんのり、うすピンクのオーラにつつまれているような。

しっとりしているというか……。なんか、きれい？

白河《しらかわ》さんが小さな声をだした。

「あのね、いるかちゃん」

「何？」

「ごめん。なんでもない」

白河さんは何かいいかけたにもかかわらず、途中《とちゅう》でやめてしまった。

なんだろう？　あ、でも、さっきのわたしみたいに、いおうとしたけど、やっぱりやめるって、よくあることなのかも。

ああ、柳田家《やなぎだけ》と山登り。

おじさんとおばさんから婚約《こんやく》の話とかでたら、どうしよう〜！

あ、わたしってば、またバカみたいなこと考えてる。

でも、どうしたって考えちゃうよ！

柳田《やなぎだ》くんはうぬぼれ大魔王《だいまおう》

そして、運命の日曜日。

リュックも背負《せお》ったし、ぼうしもかぶったし。準備万端《じゅんびばんたん》。

気合い入れて、お母さんの豚毛《ぶたげ》ブラシでブラッシングも百回もしたし、化粧水《けしょうすい》もぬってみた。

お母さんは「山登るのになんでおしゃれしているの？」ってふしぎそうだったけど、
わたしは心の中でつぶやく。

お母さん、わたし、きょう、婚約《こんやく》しちゃうかもよ。

な～んちゃって。

約束《やくそく》は八時に光陽駅《こうようえき》に集合。でも、遅刻《ちこく》ばかりのわたしにしてはめずらしく十五分も前に到着《とうちゃく》。柳田《やなぎだ》ファミリーはまだみたい。はりきりすぎて、ちょっと早すぎちゃったかな。へへへ。

「あのさ、いるかちゃん」

とつぜん、フェアリーが現《あらわ》れた。

「気になることいっていい？」

「何？」

「なんで、駅で待《ま》ち合わせなんだろ」

「え……」

「だって、柳田くんと家が近いんだから、駅前じゃなくて、どちらかの家で待ち合わせでいいよね」

そういえば。そういわれると、そんな気も。

そのときだった。

わたしは、ひとりの女の子と目があった。

その子は、リュックを背負《せお》い、どこまでも歩いていけそうな登山靴《ぐつ》をはき、それはどう考えても、これから山にいきますっていう格好《かっこう》で、山以外の場所にいくとしたら、不自然《ふしぜん》なスタイルにしか思えなかった。

「いるかちゃん……？」

その女の子は……つまり、その……白河《しらかわ》さんは、わたしにそう言葉をかけた。

だから、わたしも、

「白河さん……？」

と、言葉を返す。

「いるかちゃん、山登り？」

「白河さんも？」

白河さんとわたしの間に微妙《びみょう》な空気が流れる。白河さんは、数秒迷《すうびょうまよ》っていたけど、ずばり切りこんできた。

「ひょっとして、柳田《やなぎだ》くんと？」

「と、いうことは、白河さんも？」

わたしと白河さんは、そこでおたがい銅像《どうぞう》のように固《かた》まってしまった。

そして、さらに、そこへ……！

「水野《みずの》さん、どうして？」

今度は、山登りというより、山ガールという今流行の言葉にぴったしの女の子がこっちにやってきた。

西尾《にしお》エリカさんだった。

な、なんで！　どうして白河《しらかわ》さんにつづいて西尾さんまで！

「うわ！　こんな大勢《おおぜい》なんだ！　柳田《やなぎだ》はどこ？」

今度は、リュックを背負《せお》った手芸《しゅげい》くんが現《あらわ》れた。

すーっと自分の体が細い線になっていく気がした。

山登りって……み、みんなでいくの？

つまり、わたし、すごいかんちがいしていたっていうか……。恥《は》ずかしくて、耐《た》えられないとか、消えてなくなりたいって、こういうことですか？

「みんな、早いなあ、優秀《ゆうしゅう》、優秀」

そういって現《あらわ》れたのは柳田《やなぎだ》のお父さんだった。

うしろにいる柳田と目があう。

でも、わたしは、すぐにそらした。

だって、恥ずかしいっていうか、バカみたいっていうか。

「よし、全員そろったな。きょう登るのは、鷹尾山《たかおさん》。電車で鷹尾山口までいって、そこからすぐだ」

すると、手芸《しゅげい》くんがきょろきょろした。

「あれ、おばさんは？」

「ああ、ちょっと用事ができてね。それでは出発進行！」

柳田《やなぎだ》のお父さんが先頭に立ち、みんなでぞろぞろと改札《かいさつ》をぬけ、ホームで電車を待《ま》つ。

わたしは、できるだけ、柳田と離《はな》れて立った。

だって、恥《は》ずかしくてみっともなくて、とてもじゃないけどふつうに会話なんてできない。

「どうした、いるか？」

柳田がわたしに声をかける。

けど、わたしは目をそらし、白河《しらかわ》さんのうしろにかくれてしまった。

すると、白河さんがちらりとわたしをみて、それはそれでなぜか気まずくなり、顔をそむけた。

電車の中では、自然《しぜん》におじさんと男子ふたりがむかい側《がわ》に、女子三人がこちら側に並《なら》んで座《すわ》る形になる。

わたしは、右どなりの白河さんにも左の西尾《にしお》さんにもなんとなく気まずい思いがした。

だって、どちらに対しても、さっきまでは「わたしだけ柳田に誘《さそ》われた」みたいな勝ち誇《ほこ》った気持ちがあって、でも、それはかんちがいだったわけで。

うわあ。もう、ここに座《すわ》っていたくない！

ひとりになりたい！

わたしは、もんもんとした気持ちでずっと下をむいているしかなかった。

「ひょっとして、いるかちゃんだけじゃないかもね」

フェアリーの声がした。どういうこと？

「だって、白河《しらかわ》さんも西尾《にしお》さんも」

わたしは、目だけを動かし、白河さんをみた。

なんだろう？　この困《こま》ったというか弱ったという顔は。

そして、西尾さんも目だけ動かしてみてみる。こっちはこっちで、ブスっとしている。

いつもなら「柳田《やなぎだ》く〜ん」って、むかいの席《せき》にお菓子《かし》でも持っていきそうなのに。

あ！　と思った。

もしかして、柳田のいいかげんな説明《せつめい》で、三人全員、わたしだけ誘《さそ》われた！　ってかんちがいしたってこと？

きっと、そうだ！　この女子三人のへんな空気は、そうとしか思えない！

くうう、柳田《やなぎだ》！　このうぬぼれ大魔王《だいまおう》！　みんな、おれのこと好《す》きだから、誘《さそ》っちゃえ～とか思ったんでしょ！　あ、うぬぼれ大魔王っていい言葉！

今度からそう呼《よ》ぼう。

「それはちがうよ、いるかちゃん。柳田くん、なんにもうぬぼれてないし、むしろ、いるかちゃんたちの気持ちに全く気づいてないんだよ！　だから、三人とも誘っちゃったんだよ」

わたしはフェアリーの言葉にぐさっときた。

だって……。全く気づいてないって。それはそれでひどくない？

「いるかちゃん、そこに傷《きず》つかないで！」

フェアリーが困《こま》っていた。

むかいの三人は山の本をみながら、もりあがっている。

柳田～！　このうぬぼれ大魔王～！　そっちは楽しいかもしれないけど、こっちは大変なことになっているんだからね！　だれのせいだかわかってる～!?

山ガールのおきて

電車にゆられて一時間後。

鷹尾山口《たかおさんぐち》の駅をでると、山登りファッションに身をつつんだ人が、たくさんいた。

おじさんを先頭に、その流れといっしょに移動《いどう》していく。

山のふもとというより、観光地《かんこうち》によくあるおみやげ屋さんや、おそば屋さんが両わきに並《なら》んでいた。

おじさんがぼやいた。

「うわさには聞いていたけど、ここまで変わったかあ」

手芸《しゅげい》くんがすかさず、

「前にもきたことあるんですか？」

とたずねる。

「ああ。うんと前。ぼくが大学院生だったころ。あのころはなんにもなかったんだけど、いつだったか、『世界のすてきな山』っていう本に載《の》ったら、登る人が一気に増《ふ》えて観光《かんこう》地化《ちか》したらしいんだ」

おじさんの説明《せつめい》を聞くと、となりの柳田《やなぎだ》が、「世の中って単純《たんじゅん》だよな」とつぶやいた。

柳田らしい言葉におじさんと手芸《しゅげい》くんが笑う。けど、女子三人はだれも笑っていない。

「ようし、一度集合」

登山ルートが書かれた看板《かんばん》や、トイレ、自動販売機《はんばいき》などがあり、いかにもここから出発です、という場所の前で、おじさんが声をだした。

わたしたちは、ほかの人たちの邪魔《じゃま》にならないように、地図のわきに集まった。

「ここから頂上《ちょうじょう》を目指すわけだけど、はじめに注意事項《じこう》をいっておきます」

すると、手芸くんがニコニコしながら、

「わかった！　おじさんの、つまりおとなのいうことは必ず聞くことでしょ」

といった。

わたしも、そうだと思う。おとなとか、先生って必ず子どもをつれてでかけるとき、同じことというもん。

ところが……。

「あ。ぼくのいうことは特《とく》に聞かなくても大丈夫《だいじょうぶ》」

と、おじさんの意外な言葉が返ってきた。

聞かなくても大丈夫って。え？　どうして？

「ぼくがみんなにいいたいことは一つだけ。常《つね》に山の声だけはちゃんと聞くように」

山の声……。意味がわからない。

まわりをみると、みんなも、今ひとつ、柳田《やなぎだ》のお父さんの言葉の意味がわかってないようだ。

「ええと、なんて説明《せつめい》すればいいかな。つまり、ぼくたちは山に登るんじゃなく、山に登らせてもらってるということだな」

「山に対して感謝《かんしゃ》と敬意《けいい》を忘《わす》れないということでしょうか？」

西尾《にしお》さんが、にこりともしないでそういうと、おじさんは、

「そうそう！　まさに、そういうこと」

と人さし指を立てた。

みんなも、「ほう」とうなずく。けど、わたしは、おじさんの言葉、まだよくわからないなあ。

「それから、途中《とちゅう》、もう登れないと思ったら、ちゃんと申告《しんこく》すること。この山は低《ひく》いし、初心者用だけど、それでも、だめだってときがある。自分のせいで、みんなに迷惑《めいわく》がかかるって考え方はもっともよくない。具合がわるくなったら、ちゃんと声をだすこと。山登りのいいところは、進みつづけるよりあきらめるほうが、ときにはずっと大切だって教えてくれるところにある」

と、きょうの青空のように笑った。

「歩く順序《じゅんじょ》はぼくが先頭。貴男《たかお》、おまえは常《つね》に一番うしろを歩いて、何かあったら大声だしなさい。いいかい、列《れつ》は乱《みだ》しちゃだめだよ」

おじさんがそういうと、柳田《やなぎだ》はまじめな顔でうなずき、とことこと、こっちに歩いて

きた。

前から、おじさん、手芸《しゅげい》くん、西尾《にしお》さん、白河《しらかわ》さん、わたし、柳田《やなぎだ》という列《れつ》になる。

やだ！　なんで、こんな順序《じゅんじょ》になるの！　今一番口をききたくない相手が常《つね》にうしろなんて！

「いるかちゃん、本当にいやだ？」

フェアリーのいじわるな声がした。

うっ……。

たしかに、心のどこかに、本当にどこかにちょっとだけ、ちょっぴりだけ、うれしいって気持ちもあるようなないような……。

「それでは、出発進行！」

おじさんの声でわたしたちは歩きだした。

はじめは山道ではなくて、両《りょう》わきに木の並《なら》んだコンクリートの坂道だった。

おじさんはまた、「こんな整頓《せいとん》された道、昔はなかったんだけどなあ」とぼやいている。

けど、左側《がわ》の木のむこうから、ちょろちょろとわき水が流れる心地のいい音が聞こえてくると、やっぱりここは山なんだと思う。

すると、わたしの前を歩く白河《しらかわ》さんがさりげなくペースを落として、わたしのとなりにやってきた。

白河さんがわたしのとなりに並《なら》び、うしろの柳田《やなぎだ》を気にしながら耳もとでささやいた。

「いるかちゃん、わたし、白状《はくじょう》するね」

どきりとした。

「あのね。わたし、柳田くんに女子は自分だけ誘《さそ》われたと思ってたの。メンバーは柳田くん一家と手芸《しゅげい》くんで、『駅に八時集合』しかいわれなくて」

白河さんは、そういうと、ばつが悪そうに下をむいた。

やっぱり……。柳田のばか。説明《せつめい》を省略《しょうりゃく》しすぎるんだよ。

「だから、駅で、いるかちゃんがいてびっくりして。でもね、一度いるかちゃんにはいおうと思ったんだよ。ぬけがけみたいだし」

わたしは、あの朝を思いだした。わたしが柳田《やなぎだ》に山登りに誘《さそ》われた、その日のことを！

それだったんだ！

「あの……ごめんね」

白河《しらかわ》さんはそれだけいうのが精一杯《せいいっぱい》という感じで、またまだまってしまった。

ごめんねって……。

白河さんは、わたしに謝《あやま》る必要なんてないのに。でも、正直《しょうじき》に全てを話して、謝っちゃうというのが、彼女《かのじょ》の性格《せいかく》なんだろうな。

よし。わたしも白河さんの耳に手をあて、小さな声をだす。

「わたしも同じ」

「え？」

「自分だけ誘われたとかんちがいしてたの。金曜日の朝、昇降口《しょうこうぐち》でへらへらしていたでしょ？　あれ、柳田に誘われたあとで。白河さんと同じように、『八時に駅集合』しかいわれなくて」

わたしと白河さんは顔を数秒間《すうびょうかん》みあわせる。そのあと……。

ぷっ。

同時にふきだした。

なんだか全てが一気におかしくなって、おなかをかかえて笑ってしまった。

「わたしね、駅でいるかちゃんをみたとき、すごい動揺《どうよう》したの」

「わたしも、白河《しらかわ》さんみたとき、ものすごく焦《あせ》ったんだよ」

わたしたちはきゃっきゃっと笑う。そして、白河さんが笑いながらも真顔になった。

「ねえ、いるかちゃん。どうして西尾《にしお》さん、機嫌《きげん》わるいんだろ」

「たぶん、同じかな?」

そのとき。

「いるか!　むやみにはしゃぐと、ばてるぞ。知らねえぞ」

うしろから、柳田《やなぎだ》のえらそうな声が聞こえてきた。

ふん。ばかみたい。

わたしと白河さんが笑った理由も知らないくせに。

「いるかちゃん、この話はあと」

わたしは、小さくOK《オーケー》サインをだした。

「いるか、体力配分考えろ。まだ登りだしたばかりなんだぞ」

柳田《やなぎだ》、めずらしくしつこいなあ。まるで、口うるさいお母さんとか先生みたい。

だったら、自分はなんなのよ！

わたしはふり返り、思い切り鼻のあたりにしわをよせたいやな顔を柳田にみせた。

すると、柳田は驚《おどろ》いていた。

みたか！　必殺《ひっさつ》、わたしはむかついてるんだフェイス！

ところが……。

「いるかちゃん！　山登りは、一歩まちがえると危険《きけん》だから。柳田くんのいうこと聞かなきゃダメ！」

フェアリーにお説教《せっきょう》されちゃったよ。

柳田《やなぎだ》くんのぼやき　その①

全く、いるかのやつ、キャッキャはしゃいでるけど大丈夫《だいじょうぶ》かよ？

注意したら、へんな顔してくるし。

いくら初心者用の山っていっても、いるかにはけっこうきついと思うぜ。

ほんとうは、男子だけを数人誘《さそ》う予定《よてい》だった。だけど、手芸以外《しゅげいいがい》みんな日曜日はだめで、どうしようかなって廊下《ろうか》を歩いてたら、たまたま白河《しらかわ》がいたから、声かけてみたら、O《オー》K《ケー》だった。だから、この際女子でもいいかって、塾《じゅく》の帰りに西尾《にしお》誘ったら、これまたOKで。このメンバーでもいいかと思ったんだけど、金曜の朝に、ちょうどいるかに会ったから、誘っちゃえって。いるかがいたほうが空気がなごみそうだし。

いるか、頼《たの》むから、すっ転んだり、ばてたりするなよ。

父さんは、あきらめることの大切さとか説《と》いてたけど、やっぱり、自分ひとりのせいで全員下山なんてことになったら、落ちこむのはおまえだぞ。

いくら、うしろからおれがフォローしようが、歩くのは自分なんだからな。

と、思いながらも。

おれも少々いい方が感情的《かんじょうてき》になりすぎたかな？　いるかとは関係のないきのうのこと、ひきずっているんだな。

おれの目下の悩《なや》み、いや、ここまでくると不安といったほうがいい。

それは、父さんと母さんだ。

きょう、母さんがこなかった理由を、父さんは手芸《しゅげい》に「用事」とかいっていたけど、あれは大ウソ。

母さん、きのうの夕方、とつぜんキャンセルしたんだ。

そのとき、母さんは夕飯《ゆうはん》のカツカレーのカツを揚《あ》げていて、おれと父さんはニュース

をみていた。

母さんは、カウンターキッチンの中からこういってきた。

「あした、お弁当《べんとう》は作るけど、わたしはいきません」

おれはかっとして、ソファーから立ち上がった。

「なんで急にそんなこといいだすんだよ」

母さんは、ジュージューとカツを揚《あ》げながら、こう答えてきた。

「いきたくないから」

「なんだ、その理由！　父さん、山登りが趣味《しゅみ》だから、毎年一度はどこかに登ることになっていたじゃないか！　今年はおれも六年生だし、父さんがおれの友だちも呼《よ》んで小さな山に登ろうって提案《ていあん》して。母さんだって楽しみにしていただろ！」

おれが興奮《こうふん》すると、父さんが「まあまあ」となだめてきた。

おれは、父さんがかわいそうに思え、そのぶん怒《いか》りが増《ま》した。

「母さん、まだあのこと、怒《おこ》ってるのかよ。もう、あれから一週間はたってるぞ！　あんなくだらねえことで、よくずっと家の中葬式《そうしき》みたいにしてられるなあ！　少しは、空気読めよ！　おれがどれだけ気をつかってるのかわかってるのかよ！　しかも、山登りはとつぜんキャンセルか！」

おれは、耐《た》えに耐えていたものが限界《げんかい》にきて、一週間ぶんの不満《ふまん》をぶつけた。

でも母さんは、一度決めたことをひるがえすことなく、「家がお葬式《そうしき》みたいになっているのは、お母さんのせいじゃありません」とだけいった。

父さんも「父さんがわるいから」と笑いながら自分のせいにしてしまった。

そのあとの夕飯《ゆうはん》は、また葬式みたいにしんとしていた。

カツカレーはうまかったけど、あんな険悪《けんあく》な雰囲気《ふんいき》の中食《く》ったら、どんなうまいもんでも、気分は最悪《さいあく》だ。

しかし、母さん、絶対《ぜったい》におかしい。一週間前におきたあんなくだらないことで、父さんとけんかして、しかも、ずっと根《ね》に持っているなんて。

しかも、山登りまでキャンセルって。

いいかげんにしてくれ。おれをまきこむな。

おれはさっきまで、母さんに怒《いか》りを抱《いだ》いていた。

ところが、怒《いか》りが不安に変わった。

さっきの父さんの「あきらめることの大切さ」を聞いたとき、まさかと思ったんだ。

まさか父さん、柳田家《やなぎだけ》三人で暮《く》らしつづけることをあきらめようかなんて考えてないよなって。

今まで、ぜんぜん気がつかなかった。いや、ひょっとしたらどこかで気がつかないふりをしていたのかもしれない。

親の不仲《ふなか》は離婚《りこん》につながるという現実的《げんじつてき》な展開《てんかい》に。

でも、あんなくだらないことが原因《げんいん》で、離婚ってておかしいよな。

だって、結婚《けっこん》ってよくわからないけど、重大なことだろ。

六法全書《ろっぽう》に結婚《けっこん》について書かれているぐらいだし、しかもどちらかの名字を変えて（変えないこともあるらしいけど）いっしょに暮《く》らすってことだから、大変なことのはずなんだよ。

それを、母さんがあんなくだらないことを根《ね》に持って、家の中、毎日葬式《そうしき》みたいな雰《ふん》囲気《いき》にして、それで、父さん、三人で暮らすことをあきらめて、離婚《りこん》って。もし、家族解散《かいさん》ってなったら……。

そこまで想像《そうぞう》すると、ぞっとした。

ばさばさ。

山鳥が木から羽《は》ばたき、空高く飛んでいった。

正直《しょうじき》女子はバカをみる？

「あの、もう少し、ゆっくり……」

といいかけたんだけど、ふみだした足のうらが石にのっかり、バランスをくずし、舌をかみそうになった。

現在《げんざい》、山道苦戦中《くせんちゅう》！

コンクリートの道なんか、最初《さいしょ》ちょっぴりだけ。

気がつくと、砂利《じゃり》や大きな石がごろごろしていて、ちょっと気を許《ゆる》すと転びそうな道ばかり。

しかも、上に登っていくわけだから、ずっと坂だし、ところどころ道がびっくりするぐらい細くなるし。

それに常《つね》に右側《がわ》は土の壁《かべ》で、左側は足もとから斜面《しゃめん》。その下は川。しかも、登れば登るほど、川が下のほうにみえるようになる。うわあ。落ちたらどうなるんだろう。

山登りって、ただ歩けばいいんだと思ってたけど、歩く場所が都会《とかい》とはちがいすぎてかなりテクニックいるよ。

「足のうら全体を使って、しっかりと一歩ずつふみしめろ。あわてるな」

先頭のおじさんが、ふりむいて大きな声でいってくれた。

ええと、足のうら全体を使い、ゆっくりと……。わたしはスローモーションのように足を動かす。

でも、その間に白河《しらかわ》さんとの距離《きょり》はどんどん遠くなる。うわあ、だめじゃん！

「いるか。焦《あせ》ってもいけないんだけど、ゆっくりもよくないんだよ」

うしろから柳田の声がした。

「のんびりペースはかえって疲れるんだ。今までのリズムはくずすな」

ええ！　おじさんはゆっくりで、柳田はリズムをくずすなってどうすればいいのよ！

「足のうら全体を使って、リズムをくずすなってことじゃない？」

フェアリーの声がした。

そんな高度なことといわれても！　でも、やるしかないか。

わたしは、ふんばりながら、せっせと足を動かす。

「きついか？」

再びうしろから柳田《やなぎだ》の声がした。

ほんとうはきついけど、うぬぼれ大魔王《だいまおう》に正直《しょうじき》にいうのはなんかいやだ。

「別《べつ》に」

息を切らしながら、その三文字だけ答える。

「転ばないように気をつけるのも大事だけど、川のせせらぎとか、鳥の声、土や草のにおいにリラックスすることも大切だぞ。そうしないと、きついだけで楽しめない」

足が止まった。

「なんだ。ギブアップか」

「ちがうよ。柳田からは想像《そうぞう》もつかない言葉だったから」

そうだよ。絶対《ぜったい》に想像つかない。柳田が草のにおいでリラックスとか。

「想像《そうぞう》もつかないって。ここは学校でもなく、町でもなく、山なんだからいうことだって変わるさ」

「そ、そうだね」

さっきまでは、柳田《やなぎだ》のことうぬぼれ大魔《だいま》王《おう》ってわるく思ってばかりだったけど、こうやって話していると、あんまり怒《おこ》っているのもバカみたいに思えてくるっていうか、つまりその、やっぱり、柳田と仲《なか》よくしたいっていう気持ちが心の底《そこ》からにょきにょきと現《あらわ》れてくるっていうか。

結局《けっきょく》、それがわたしの本心なのかも。

そうだよね。せっかく山まできたんだから、小さなことにこだわってないで、山登りを……柳田と登れることをもっと素直《すなお》に楽しんでもいいんだよね。

けど……。

「いるか、おまえチビで足が短くてかなりふりだけど、ここはがんばってくれ」

ぐさっ！

心の底《そこ》からにょきにょきと現《あらわ》れた甘くて素直な気持ちがもぎとられ、かわりに刃《やいば》が刺《さ》さった気がした。

チビで足が短いって……。なんで、そんなこと平気でいうの！　信じられない！

「どすこいも、このあたりきついけど大丈夫《だいじょうぶ》か？　おまえも体重のぶんふりだからな。がんばれよ」

でた、どすこい！　白河《しらかわ》さんがいやがってるあだ名。

いや、白河さん、『どすこい』って柳田にいわれるのはいいんだっけ。

けど、けど、体重のぶんって……。ひどい！

「あ、なんとか……。ありがとう」

白河さんはふりむかず、前をむいて歩きながら声をだした。

口ではありがとうっていってたけど、絶対《ぜったい》に傷《きず》ついているよ！　かわいそうな白河《しらかわ》さん。

全く、柳田《やなぎだ》の頭の中ってどうなってるんだろう？

もう頂上《ちょうじょう》にいったら、みんなで埋《う》めちゃうとか、突《つ》き落とすしかないんじゃない？

「いるかちゃん、これは柳田くんなりの気づかいだから」

フェアリーの声がした。

「柳田くんは、お父さんにいわれて、一番うしろでみんなを常《つね》に見守るっていう責任《せきにん》が生まれちゃったわけで。現実的《げんじつてき》に身長とか体重とかふりなことにもなるし。柳田くんなりに全員、無事《ぶじ》に頂上《ちょうじょう》まで登らせようと一生懸命《いっしょうけんめい》なんだよ」

そうかな〜？　わたしは納得《なっとく》できませ〜ん。柳田はただ無神経《むしんけい》なだけです。きっぱり！

「ようし、一度休憩《きゅうけい》だ」
道が二手にわかれているところで、おじさんがそういった。地図が書かれた看板《かんばん》、丸太のベンチもいくつかあった。

わたしはがっくりとベンチに座《すわ》り、リュックからタオルをだし、顔をふく。

疲れた。これ、しんどいわ。

「どのくらいまできたんですか」

手芸《しゅげい》くんの質問《しつもん》におじさんは、

「三分の一ぐらいかな」

と答える。さ、さんぶんのいち？　半分、いや、それ以上《いじょう》はいってると思ったのに？

わたしが「ウソでしょ」という顔でおじさんをみあげると、

「いるかちゃん、疲れたかい？」

と笑っていた。

こくんとうなずく。もう、意地をはってる場合じゃない。

「でもね、もうそろそろ楽になるよ」

「らくに？」

「マラソン大会とかそういうところない？　前半のほうが苦しくて、後半はなぜか体が軽《かる》かったって」

「マ、マラソン大会⁉　そんな大きらいなもの、ここで話題《わだい》にしないでください」

するとおじさんもみんなも、どっと笑った。

でも、正確《せいかく》にはみんなじゃなかった。西尾《にしお》さんはやはり不機嫌《ふきげん》だった。

「いるかちゃん。タイミングみて、西尾さんと話してみたら？」

フェアリーの声がした。

話すって、何を？

「なんでもいいよ。いっしょに山登っているんだから。気まずさはないほうがいいよ」

一理《いちり》あるけど、わたしから声かけてもなあ。

「でも、さっき、いるかちゃん、白河《しらかわ》さんから声かけられて、楽になったでしょう？

今度は、いるかちゃんから西尾さんに声かけてもいいんじゃない」

そうか。機嫌がわるいってことは、西尾さんも「誘《さそ》われたのわたしだけだと思っていたのに」っていうくやしくて恥《は》ずかしい思いがあるわけで。

ここは、わたしから「いやあ、わたし、かんちがいしちゃってさあ」と正直《しょうじき》に全てを話せば、西尾さんも「え？　水野《みずの》さんも？」と、さっきのわたしと白河さんのような展《てん》開《かい》になるのかも。

ちょうど、おじさんやみんなはどっちの道をいくかってことで話しあっていて、西尾《にしお》さんは、少し外《はず》れたところで靴《くつ》のひもを結《むす》びなおしていた。

ようし、ここはわたしの正直《しょうじき》さを武器《ぶき》に、おたがいすっきりしようじゃないの。

「ねえ、西尾さん」

しゃがみこむと、西尾さんが靴のひもを結びながら、「何?」とこっちをみた。

「西尾さん、どうやって柳田《やなぎだ》に誘《さそ》われた? ひょっとして自分だけってかんちがいしちゃったんじゃない?」

すると、西尾さんがわたしの目をみて「何、この人?」といった感じに表情《ひょうじょう》を止めた。

まずい! この聞き方は、とうとつすぎたかも。

「いるかちゃん。何も、そこから会話を切りださなくても! 会話には段階《だんかい》ってものがあるんだよ!」

フェアリーがあわてた声をだす。

そんな! 段階なんか知らないよ!

ええい、こうなったらもう、しかたない。やけくそだ!

「あのさ。わたし、八時に駅集合としかいわれてなくて、てっきり、柳田《やなぎだ》ファミリーとわたしだけかとかんちがいしていてさ。うぬぼれたっていうか。それで、柳田に頭にきちゃってさ。はは。あ、白河《しらかわ》さんも同じかんちがいしていたみたいで。むかつくよね、柳田」

気づいたら、自分の本音《ほんね》を一気にしゃべっていた。

でも、正直《しょうじき》に全てをしゃべるっていいなあ。気が楽になる。

ところが……。

西尾《にしお》さんは、きょとんとわたしをみていた。

なんだろう、このきょとんは?

「水野《みずの》さん。わたし、はじめから、手芸《しゅげい》くんも白河さんもいっしょにいくって聞いていたけど」

な、なんだって?

「ただ、水野さんがくるとは聞いていなかった。だから、駅で、あなたをみかけたとき、あなたとそのことをいわなかった柳田《やなぎだ》くんに、腹《はら》が立ったわ。まるで、ふたりでわたしに隠《かく》し事しているみたいで」

ちっちっち。

小鳥のさえずりが聞こえる。

え？　そうなの。そういうことなの？

「ふふ。まあ、柳田くんらしい説明《せつめい》不足だったってわけね」

西尾《にしお》さんが、余裕《よゆう》たっぷりの貴婦人《きふじん》のように笑った。

「水野《みずの》さん、自分だけ誘《さそ》われたとかんちがいしてたの？　か〜わいいのね」

ぐ……ぐぐぐ。あまりの屈辱《くつじょく》に内臓《ないぞう》がヘンな動きをした。

「いろいろ教えてくれてありがとう。すっきりしたわ」

西尾さんは立ち上がり、軽《かろ》やかに、みんなの輪《わ》の中にもどっていった。

くやしい〜！　話しかけなきゃよかった。

何が正直《しょうじき》がいいよ！　正直者はいつだっておばかさんなんだ！

「いるかちゃん、どうした？　ひとりで噴火中《ふんかちゅう》かい？」

離《はな》れたところから、おじさんがわたしを呼《よ》び、みんなが笑ったので、わたしは「あはは」とごまかすしかなかった。笑ってる柳田《やなぎだ》に、心の中で「ばか」という自分がむなしい。

休憩《きゅうけい》が終わり、出発すると、つり橋《ばし》がみえた。

先頭のおじさん、手芸《しゅげい》くんがわたりだす。

「このつり橋、すごい頑丈《がんじょう》。ぜんぜんゆれない」

手芸くんがはしゃいでいた。

たしかに、川はうんと下にみえて一見スリルあるけど、つり橋特有《とくゆう》のゆれが全くなさそう。

西尾《にしお》さん、白河《しらかわ》さんにつづき、わたしもわたると、うしろから、

「さすが観光地《かんこうち》。金かけてるな」

柳田の声が聞こえた。

そのとき。

「柳田くん、写真撮《と》りましょうよ！」

西尾さんが橋の頑丈さに油断《ゆだん》したのか、順番《じゅんばん》どおりに歩くというルールを堂々《どうどう》とぶち

やぶって、輝《かがや》く笑顔でこっちにもどってきた。

柳田《やなぎだ》のとなりに並《なら》び、自分のスマホで山の自然《しぜん》を背景《はいけい》に、カシャリと撮《と》る。

「な、何やってるんだ西尾《にしお》、順番《じゅんばん》、守れ」

柳田が「今のなんだったんだ？」みたいな顔でいうと、「一度だけのルールやぶり」と
ちゃめっ気たっぷりの笑顔で、自分の定位置《ていいち》にもどっていった。

「いるかちゃん。西尾さん、急にいつもみたいになったね」

白河《しらかわ》さんはあ然《ぜん》として、西尾さんのほうをみていた。

どうやら、西尾さんは完全《かんぜん》に復活《ふっかつ》したようだった。

うわあ。やっぱり、さっきの余計《よけい》だった。

わたしは後悔《こうかい》で両手で頭をかきむしる。せっかく百回もブラッシングしたのに。

「いるかちゃん、どうしたの？　ぐしゃぐしゃ頭かいて」

「え？　あ、や、山って特別《とくべつ》な虫がいるみたいで」

白河さんは、「ほんとう？」と、自分のまわりの空気を手ではらっていた。

山の声が聞こえたよ！

つり橋《ばし》をわたり終えると、再び道は険《けわ》しくなり、辛抱《しんぼう》強く歩きつづけるだけになった。だめだ、ほんとうに疲れてきた。みんな、何もいわないで黙々《もくもく》と歩いているけど、内心はどうなんだろう。リタイアしたいって思ってないのかな。

そんなわたしの気持ちとはうら腹《はら》に、道はさらに急勾配《きゅうこうばい》になってきた。岩もどんどん増《ふ》えてきて、気がつくと岩の階段《かいだん》みたいになっている。

しかも、決して、家や学校の階段みたいに、一段一段の大きさがすべて同じになってるわけじゃなく、大きな岩もあれば、小さな岩もあり、歩きづらくてしかたない。

さらに、右側《がわ》に樹木《じゅもく》が生《お》い茂《しげ》っているんだけど、岩と岩との間に、その樹木の根《ね》っこが飛びだしていて、自然《しぜん》の猛威《もうい》がわたしを襲《おそ》う。

と、そのとき、わたしの目に絶望的《ぜつぼうてき》な光景《こうけい》が映《うつ》った。

それは、段差《だんさ》の激《はげ》しい二つの岩だった。西尾《にしお》さんも白河《しらかわ》さんも「これ、すごい」と、思い切り片足を上げ登っていく。

ちょっと待《ま》って。わたしの足の長さじゃ、どう考えても登れない。

岩の前で立ちつくすと、うしろから柳田《やなぎだ》がきた。

ひょっとして助けてくれる……？　と、思ったのも束《つか》の間。

柳田は、わたしの横を通りすぎ、ひょいと思い切り岩に片足をかけ、登ってしまった。

れ、冷酷《れいこく》すぎる。

ひょっとして、「いるかのやつ、注意したおれにヘンな顔しやがって」とか怒《おこ》っているのかも！

しまった〜！　こうなったら、自分の力でなんとかしなきゃ！　でも、どう考えても無理な気が。

ところが……。

「ほら」

え……。

柳田《やなぎだ》から手がさしのべられた。

これって……。まさか……。わたしをひっぱりあげるために先に登ったたってこと?

「何ぼーっとしてんだよ。おれの手をにぎって、思い切り片足、のせろ」

え、手、手をにぎれって……。そ、そんなこと、していいの?

「ほら!」

「う、うん」

わたしは柳田《やなぎだ》の手をにぎり、片足を思い切り、自分のおへそぐらいの高さの岩にのせた。すると……。

それは、とても強い力だった。強くて温かくて、安心できる柳田の腕《うで》の力にぐいとひっぱられると体がふわりと上がり、気がつくと両足が岩の上に着地《ちゃくち》していた。

「あ、登れた……」

「ほら、いけ」

わたしは、とまどいと驚《おどろ》きとてれくささで、そのまま柳田に何もいわず歩きだした。

そして柳田の力強さを思いだすたび、うしろに柳田が歩いていると思うたびに、心臓《しんぞう》が高鳴った。

心の中で悪態《あくたい》ばかりついていたけど、やっぱり……結局《けっきょく》……だれにもいえない、そしてだれにも知られたくもないし、触《ふ》れられたくもない特別《とくべつ》な気持ちがあるんだと認《みと》めてしまった。

「みて、いるかちゃん」

白河《しらかわ》さんが左のほうを指さし、わたしは目で追った。

あ……っと息をのむ。

遠くに、鷹尾山《たかおさん》に連《つら》なる山々がみえたからだ。

そのとき、わたしはふしぎな気持ちを味わった。

山なんて自分なんかくらべ物にならないほどずっと大きいものなのに、まるで自分が山々と対等《たいとう》になったみたいに思える。

それはきっと、ここまで登ったから、がんばったから、できる錯覚《さっかく》なのかも。

ふとうしろをみると、柳田《やなぎだ》も立ち止まって、遠くの山々をながめていた。

柳田がわたしの視線《しせん》に気づく。

「あと、ちょっとだな」

「うん」

わたしはうなずき、歩きだした。

すると、今までより楽に足が動かせるようになった気がした。

山の風がふきぬけ、わたしの髪《かみ》と木の葉をゆらす。

今わたしは、学校でもなく町でもない山道を歩いている。登っている。ぜーぜーはーはーと短い足を懸命《けんめい》に動かし、そして、すぐそのうしろに柳田《やなぎだ》がいる。

同じ「ぜーぜーはーはー」でも、マラソン大会とはぜんぜんちがう。

マラソン大会は地獄《じごく》でしかないっていうか、とにかく楽しいことが何もなくて、早く終わりたいのに早く終われないみたいなつらさしかないけど、山登りは、疲れてるのにまだがんばれるって自然《しぜん》に思える。

むしろ、きつさが心地いい。

それって、うしろに柳田がいるからかな。

くやしいけど認《みと》めたくないけど、むかつくけど、絶対《ぜったい》にそれはあると思う。

でも、それだけじゃない。

柳田の言葉じゃないけど、川のせせらぎとか鳥の声とか、土や草のにおい。

自然を感じてると、疲れない。全く疲れないわけじゃないけど、勝手に足が動く。

まるで山が「がんばれ」っていってくれてるような。

そのとき、頭の中でパンと何かがはじけた音がした。

おじさんの「山の声」ってこういうことなのかも。

そして……。

「最後《さいご》にこれ～⁉」

手芸《しゅげい》くんの絶叫《ぜっきょう》が聞こえた。

そこには、木で枠《わく》どられた土の階段《かいだん》がきれいに作られていた。

たぶん……百段はある。

手芸くんのいうとおり、ほんとうに最後にこれ？　っていう感じだった。

でもふしぎに、じゃあ登りますか、と潔《いさぎよ》い気持ちもわいてきた。

「これ、きつい」

さすがの西尾《にしお》さんもつらそうだった。

わたしは、もう余計《よけい》なことは考えずに、もうちょっと、あとちょっと、とがくがくする足に話しかけながら登っていった。

そして……。

「やったあ！　頂上《ちょうじょう》だ」

手芸くんが最初《さいしょ》に声をあげ、西尾さんが「ふう」と息をはき、白河《しらかわ》さんはもうだめと体を曲げ、両ひざに両手をおいた。

ほんとうはその場に座《すわ》りこみたかったんだけど、さすがに六年生ともなると、それはできないね。

「ついたな」

柳田《やなぎだ》が小さな声をだした。ほっとした顔だった。

その顔をみて思った。

フェアリーのいうとおりだったのかもしれない。

一番うしろでみんなを見守る役って、責任感《せきにんかん》との戦《たたか》いで一番大変だったのかも。

わたし、柳田の気持ち、考えなさすぎだったんじゃあ……。

「ようし、弁当《べんとう》だ」

おじさんの声に、みんながわっとわいた。

「女子でもいいや」ってひどくない？

山の頂上《ちょうじょう》って、見晴《みは》らしがよくて、岩や石がごろごろしているだけのなんにもない場所だと、わたしは勝手に想像《そうぞう》していた。

ところが……。

自動販売機《はんばいき》、カレーやおそば、ホットドッグにかき氷、鷹尾《たかお》あんぱんまで売られているし、連《つら》なる山々を背景《はいけい》に遠足でクラス一同が記念《きねん》写真を撮《と》れるような、レンガでしっかりと作られた台もある。

人もいっぱいいて、敷物《しきもの》をしいてお弁当《べんとう》を食べている人はもちろん、丸太で作られたテーブル席に座《すわ》っている人もいた。

「頂上ってテーマパークみたいなんですね」

白河《しらかわ》さんがちょっとひきつった顔でいうと、おじさんも、

「う〜ん、本当に変わったな」

と、驚《おどろ》きと苦笑が入り混《ま》じった声をだした。

わたしも驚き。想像《そうぞう》とぜんぜんちがう。

「ここで、お弁当《べんとう》にしませんか？」

西尾《にしお》さんが、人がどいたばかりの木のテーブルをすぐさまとった。

「お、西尾さん、早いね。よしそうしよう」

わたしたちは、木のテーブルに座《すわ》る。

すると、おじさんがぷっと笑った。

「電車のときにも思ったんだけど、小学生って自然に男三人、女三人にわかれるんだな」

たしかに……。わたしたちは電車のときとほとんど同じ座り方になっていた。

一つちがうのは、西尾さんが目ざとく柳田《やなぎだ》の真むかいに座ったってこと。

「よし、それではいただこう。みんな、ゴミがでたらちゃんと持ち帰るんだよ」

みんな柳田のいってたとおり、お弁当はおむすび二つとかロールサンドとか、軽《かる》いも

のだった。

ここで「食《く》った食った」って満腹《まんぷく》になったら、下りるのいやになっちゃうもんね。

すると……。

「疲れに効《き》くと思って、ハチミツレモン作ってきたんです」

西尾《にしお》さんがタッパーをあけて、真ん中に座《すわ》ってるおじさんの前においた。

「いやあ、これは気が利《き》くなあ。ありがとう。みんなもいただくといい」

西尾さんは、おじさんにほめられてニコニコだった。

さらに……。

「あ、わたしもこれ、みんなに。おにぎりにもサンドイッチにもあうと思って」

白河《しらかわ》さんが、アルミホイルでつつまれた何かをあけた。

そこには、ポテトサラダがあった。

わたしは大好物の登場に歓声《かんせい》をあげる。

「うわあ！　やったあ」

「いるかちゃん、好《す》きだもんね」

白河《しらかわ》さんが、にっこり笑う。

けど、白河さんの笑顔とは対照的《たいしょうてき》に、西尾《にしお》さんがきつい一言をくれた。

「水野《みずの》さん。小学六年生の女子だったら、自分のために作ってもらうのではなく、みんなの喜《よろこ》びのために何か作ってくるものよ」

ぐさり。そのとおりすぎて、何もいい返せない。

「まあまあ。とにかく、みんなでいただこう」

おじさんが雰囲気《ふんいき》を和《やわ》らげてくれた。

すると、手芸《しゅげい》くんがこんなことをいった。

「でも、頂上《ちょうじょう》でラーメンやカレーが売ってると思わなかったよ。しかも、鷹尾《たかお》あんぱんって。さっき食べてる人みたら、あんぱんの袋《ふくろ》にローマ字で『TAKAO』って書いてあるだけなんだよ」

みんなが、どっとはじけるように笑う中、西尾さんが柳田《やなぎだ》にしっとりほほ笑みながら聞いた。

「柳田くん、ハチミツレモン、おいしい？」

柳田《やなぎだ》が「ああ。うまい」と答えると、西尾《にしお》さんは「うれしい」と女子としての喜《よろこ》びをかみしめていた。

ふたりのやりとりにいやなものを感じながらも、西尾さんのいうとおりかなあと思ってしまった。やっぱりこういうとき、女の子として何か作ってくるのがふつうなんだろうな。わたしやっぱり、白河《しらかわ》さんや西尾さんとくらべると女の子としてレベルが低《ひく》い。

「それにしても、今回誘《さそ》ったメンバー、男子より女子のほうが多いじゃん。柳田にしてはめずらしい」

手芸《しゅげい》くんがロールサンドを食べながらいった。

そういえば……。柳田の性格《せいかく》からすれば、男子を誘いそう。

すると柳田が、ハチミツレモンをようじで食べながら答えた。

「男子はおまえ以外《いがい》、みんな用事あってさ、女子でもいいやって。これ、いいな。疲れに効《き》きそう」

心にズドンと大砲《たいほう》が打ちこまれた気がした。

「女子でもいいや」って……。どうなのよ、それ。女子でもいいやと思って誘《さそ》われて、

はしゃいでいたわたしがまるでバカっていうか、コケにされてるっていうか。

柳田《やなぎだ》はわたしの心の傷《きず》になんて全く気づかず、もう一つハチミツレモンをほおばっていた。

なんなの、あの態度《たいど》。あの傲慢《ごうまん》さは。女子でもいいや。けど、女子の作ったもんはいただくぜ、みたいな。ひどくない!?

すると、となりから異様《いよう》な空気を感じた。

西尾《にしお》さんが、テーブルの上にある水筒《すいとう》をぷるぷるとにぎりしめている。

西尾さんも怒《おこ》ってる！　わたしの作ったハチミツレモンはなんなのよ！　って思ってる！　でもこれ、怒って当然《とうぜん》だよ。だって、ハチミツレモンって前の日からしこんだりするんじゃないの？　柳田《やなぎだ》、そういうことぜんぜんわからないんだよ！

　わたしはめずらしく、西尾《にしお》さんの気持ちが痛《いた》いほどわかった。

　お弁当《べんとう》を食べ終えると、それぞれトイレにいったり、絶景《ぜっけい》写真を撮《と》ったりした。

　わたしは、白河さんと見晴《みは》らし台から、連《つら》なる山々や山のふもとをのぞきこんだりした。

「疲れたけどがんばって登ったかいがあったね」

「そうね」

　白河《しらかわ》さんもわたしも満足《まんぞく》だった。

「けど、柳田、ちょっとひどかったよね」

「え？　何がひどいの？」

「だって、登ってるとき、わたしと白河さんにすごい失礼《しつれい》なこといってたじゃん！」

「失礼《しつれい》？」

「その、身長とか……体重のこととか。失礼しちゃう」

「ああ、あれ。わたし、うれしかったけどな」

な、なんだって？　わたしは自分の耳をうたがう。

「柳田《やなぎだ》くん、わたしのことうしろから気にしてくれたのかなって。責任感《せきにんかん》あるっていうか、優《やさ》しいんだよね。やっぱり」

白河さんが、ほほをほんのり桃色《ももいろ》に染《そ》めた。

う……うけとり方、そっちなの？　そういう方向になっちゃうの？

ちょうどそのとき。

見晴《みは》らし台を通りすぎ、トイレにむかう柳田と目があった。

「どう？　景色《けしき》」

柳田がいつもの淡々《たんたん》とした口調《くちょう》で話しかけてくる。

「え、ま、まあ」

わたしがそう答えると、白河さんはほんのり桃色の顔を必死におさえて、

「すごく、きれい」

と答えた。

「観光地化《かんこうちか》されても風景《ふうけい》はきれいなままでよかったよな」

何よ、またかわいくないことを。すると、白河《しらかわ》さんがこういった。

「山登りっていいね。きょうは誘《さそ》ってくれてありがとう」

わたしの心のさざなみがピタリと止まる。

わたしは、柳田《やなぎだ》をみた。そして柳田は、いつものクールな顔でこう答えた。

「こちらこそ、きてくれてありがとう」

ふたりをのどかな日ざしと、すがすがしい空気がつつみこむ。

そして、柳田はトイレにむかった。

なんなの、今の自然《しぜん》でさわやかで、なおかつ心温まるやりとりは……。

誘ってくれてありがとう。きてくれてありがとう。

頭の中でパーンと音がした。

つまりその、人として、一番大切なことって、今みたいなことなんじゃないの？

柳田《やなぎだ》と毎日しゃべりたいとか、自分だけ誘《さそ》われたんじゃなかったとか、柳田の一言一言に腹《はら》を立てるとか、今のふたりをみていたら、白河《しらかわ》さんの素直《すなお》な言葉を聞いたら、全部がバカみたいに思えてきた。

結局《けっきょく》わたしは、柳田に自分の思いどおりに行動してほしいだけなんだよ。

自分が妄想《もうそう》したとおりの、自分の理想《りそう》の言葉をかけてほしいってだけなんだよ。

それって、わがままでみにくいってだけで。

白河さんはたぶん、柳田に対して自分の理想《りそう》どおりのふるまいをしてくれっていうへんな願望《がんぼう》とか理想がないんだ。

だから、「誘ってくれてありがとう」っていう、人として自然《しぜん》で正しい言葉が当たり前のように口にできて、だから、柳田も人としてふつうっていうか素直な反応《はんのう》ができるんだ。

よく考えたら、わたし、柳田に手をひっぱられて助けられたとき、お礼《れい》もいってない。

今、わかった。

わたしは、柳田のぶっきらぼうな説明《せつめい》が原因《げんいん》で、自分だけ誘われたって誤解《ごかい》したんじゃない。わたしの柳田を好《す》きって気持ちが、勝手に誤解させたんだ。

もしわたしが柳田だったら、勝手な妄想《もうそう》ばかりしているわたしより、なんの欲《よく》もない白河《しらかわ》さんといたほうが断然《だんぜん》楽しいし、心も温かくなる気がする。

わたしの脳裏《のうり》に画像《がぞう》が浮《う》かんだ。

ウェディングドレスの白河さんとタキシードの柳田。うしろには花をまくフェアリー！

もしこうなったら、白河さん、人としてレベルが高いから、もう、なんの文句《もんく》もいえない！

そりゃそうだよな、で終わっちゃうよ。いやだ！

「いるかちゃん、いるかちゃん、どうしたの？」

気がつくと、白河さんがわたしの肩《かた》をたたいていた。

「何か考えてた？」

「え、ま、まあ。ははは。ちょっと、トイレ」

わたしは笑って立ち去った。

ほんとうはトイレなんかいきたくない。

白河さんのこと、前より好《す》きになったっていうか、尊敬《そんけい》みたいな気持ちも生まれたけど、同時に自分が恥《は》ずかしくなったりとか、柳田《やなぎだ》をとられちゃうとか、へんな気持ちもあって、とにかくその場から、白河《しらかわ》さんから、逃《に》げたくなった。

山小屋でふたりきり!?

トイレにいくと、大きくて作りもりっぱで驚《おどろ》いた。

山のトイレなんて、くさくて虫だらけで、掃除《そうじ》ロッカーぐらいの小さくてぼろい個室《こしつ》が二つぐらいのイメージだったんだけど、りっぱな小屋の中に個室が十個以上《いじょう》あるし、ヒノキの香りで、くさいどころか、ずっとここにいたいって思えてくる。

山の頂上《ちょうじょう》のトイレというよりデパートのトイレみたい。

用を足し、そこをでると、トイレのうらに小さな倉庫《そうこ》みたいなものが建《た》ってることに気づいた。

近づいてみると、おんぼろの小屋だった。

わあ。こっちのほうが山の頂上にずっとぴったり。

さらに近よると、ドアが少しあいていて、中のカビと樹木《じゅもく》が雨で湿《しめ》ったにおいが入りまじって、鼻をつく。ドアをおすとすごく重い。この小屋、ずっと使われていなかったみたい。

あれ？　おじさん。中にいたおじさんがふりむいた。

「ああ、いるかちゃん」

「何してるんですか？」

「いや、ちょっと」

わたしも小屋に入った。床《ゆか》はギーギーときしみ、板のすき間から草が生えている。

「ここだけは、まだ残《のこ》ってたか。あのりっぱなトイレにつぶされたかと思っていたよ」

おじさんは、きのこが生えてそうな丸太でできた壁《かべ》に触《ふ》れたりしていた。

「前にもきたことあるんですか？」

「ああ」

その「ああ」といったおじさんの横顔は印象的《いんしょうてき》だった。

楽しい思い出がここにあったようにも感じるし、少し悲しそうにもみえるし、なつかしんでるってもいうのかな？

「なんだい、いるかちゃん。ぼくの顔に何かついてるかい？」

「いえ。その……たくさん生きてる人なんだなあって」

「たくさん生きてる人？」

「そ、その、なんていうか、たくさんっていうか、長くっていうか。つまり、わたしたちよりたくさんの時間を知ってないと、そういう表情《ひょうじょう》にならないなって。たぶん、わたしが何か思いだすときと、おじさんが思いだすときでは、さかのぼる時間の長さがぜんぜんちがうんだろうなって」

あれ。なんかうまく説明《せつめい》できたかも！

するとおじさんは、わたしの顔をしばらくみて、こういってくれた。

「いるかちゃん、詩人《しじん》みたいだね」

「そ、そんなあ」

と、謙遜《けんそん》してみたものの、内心は詩人みたいっていわれたことがうれしかった。

「おじさん、きょうはありがとう」

「え？」

「おもしろかったし、おじさんのいってた山の声っていうのも少しわかったんです」

「そうか。それはよかった」

おじさんは、しみじみと、よかったという顔をしていた。

そのとき思った。わたし、ほんとうはおじさんにじゃなく、柳田にありがとうっていいたいのかも。けど、この際《さい》、おじさんでもいいや。

「おばさんもこれたらよかったのに」

「あ、ああそうだね」

おじさんの顔が曇《くも》った。なんだろう？　まさか！

「おばさん、どこかわるいんですか？」

「え？　いや、それはないよ」

おじさんは笑いながら、窓の外をみて、真顔でこう聞いてきた。

「いるかちゃん。おじさんって、鈍《にぶ》いかな？」

「え！」

「なんだい、そんな驚《おどろ》いて？」

「え、え、だって……」

だって、おじさんの子どもが、まさに鈍《にぶ》いからとは、とてもいえない。

「いやあ。おばさんに、この間、鈍感《どんかん》って怒《おこ》られちゃって」

おじさんは鼻に指を当てて笑っている。

でも、わたしは、ぜんぜん笑えない。だってそれって、わたしがいつも、さっきも柳《やなぎ》田《だ》に思っていたことと同じなんじゃあ。

まさか、おばさんがおじさんにそんなことというなんて。

驚いて、足を一歩ひくと、足首に何かふれた。

しゃがむと、壁《かべ》と床《ゆか》のすき間に紙みたいなのが刺《さ》さっていた。

なんだろうと、引っこぬくと……。

何も書かれていない色あせた茶封筒《ちゃぶうとう》だった。しかも汚《きたな》い。ばっちい！

だれかの残《のこ》したゴミかな？　もう、ゴミは持ち帰らないといけないんだよ。

そうだ！

リュックからゴミ用のビニール袋《ぶくろ》をだし、そこにその封筒《ふうとう》を入れた。

ふふ。山のためにいいことしないとね。

「さあて、下《お》りるか」

窓の外の風景《ふうけい》をみていた、おじさんがこっちをむいた。わたしたちはおんぼろ山小屋をでて、さっきの順序《じゅんじょ》で下山した。

下りるときは、途中《とちゅう》、みんなでロープウェイに乗って、少し楽をした。

ロープウェイは楽しかったんだけど、西尾《にしお》さんは、柳田《やなぎだ》の「女子でもいいや」発言が頭にきているようで、ご機嫌《きげん》ななめだった。

けど、特《とく》に波乱《はらん》はなく、無事《ぶじ》下山できた。

昔むかしのラブレター

くったくっただ。もうだめ。

家に帰り、靴《くつ》を脱《ぬ》ぐと、どっと疲れがおしよせてくる。

お母さんがおふろをわかしておいてくれたので、入ろうとしたんだけど……。

「リュックの中、空《から》っぽにしてから入りなさい」

「え～」

「『え～』じゃない。レジャーは後片づけまでがレジャーなの！　とくにゴミ！　リュックに入れっぱなしにしない」

お母さんにしかられ、しぶしぶと台所のダストボックスにむかう。

そして、リュックからゴミをだそうとすると、お母さんがとうとつに聞いてきた。

「ねえ、いるか。柳田《やなぎだ》くんのお父さんとお母さん、どうだった?」

「どうって?」

「え……だから。ふたり仲《なか》よく、みんなの面倒《めんどう》をみてくれたのかしら〜って。だったら、お礼《れい》いわなきゃな〜って」

なんだろう……? このお母さんのヘンなテンションというか、わざとらしい雰囲気《ふんいき》は?

「おばさんはこなかったよ」

「え! どうして!」

お母さんがわたしにつかみかかるような勢《いきお》いでよってきた。

「よ、用事ができたって。別《べつ》に具合がわるいとかじゃないよ。そんなに驚《おどろ》くことじゃないよ」

すると、お母さんは、

「やっぱり、まずいことになってるのかしら?」

と、ぼそっといって、台所からでていった。

なんだろ、まずいことって？

ゴミ袋《ぶくろ》をあけ、中身をダストボックスに入れる。

けど、小屋で拾《ひろ》ったぼろぼろの封筒《ふうとう》だけがゴミ袋に残《のこ》ってしまった。

指でとりだすと、あ……と思った。

拾ったときは、封筒のうら側《がわ》しかみないでゴミ袋に入れちゃったけど、表側をみると、宛名《あてな》が書いてあった。

でも、にじんでたりやぶれてたりで、はっきりとはわからない。

わかるのは「時」って文字と「様」って二文字だけ。

これって……手紙？

わたしは、急に封筒の中が気になった。完全《かんぜん》に封がされてなかったみたいで、中に入っていた三つ折《おり》の便せんは簡単《かんたん》にとりだせた。

緊張《きんちょう》しながら広げる。

文字はにじんでいたり、かすれていたり。でも、だいたいは読めそうだった。

ええと……。

愛が満《み》ち溢《あふ》れる荻久保町《おぎくぼちょう》から、ご両親から、あなたをさらっていいのか散々悩《さんざんなや》みました。

しかし、ぼくは決心しました。

人生の全てをあなたに捧《ささ》げたいと思います。

どうか、ついてきていただけないでしょうか。

ぼくの満ち溢れる愛であなたを包《つつ》みたい。

鷹尾《たかお》の山に誓《ちか》います。


その文を読んだとき、体の芯《しん》がカッと熱く燃《も》えるような感覚《かんかく》に襲《おそ》われた。

だって、これって……。

「ラブレターかな?」

とつぜん、フェアリーが現《あらわ》れた。

「うわあ、とつぜん現れないでよ。びっくりするじゃん。でも、やっぱり、フェアリーもそう思う?」

「うん。しかも、単《たん》なるラブレタ―じゃなく、プロポ―ズだね」

「プ、プロポ―ズ!?」

今度は芯《しん》ではなく、体中が熱くなった。別《べつ》に、わたしが熱くなる理由は何もないんだけど。

「たぶん、この宛名《あてな》に書かれてる『時なんとか』って人が女の人なんじゃない？　それで、荻久保町《おぎくぼちょう》ってところに住んでいて、男の人は、結婚《けっこん》して別《べつ》のところでふたりで暮《く》らしませんか？　ってお願《ねが》いしてるってことなんじゃないかな？」

なるほど……。フェアリ―の推理《すいり》、当たってる気がする。

わたしは、もう一度、手紙に目をやった。

「フェアリー、ここ、なんて読むの?」

「みちあふれる」

「みちあふれる……みちあふれる……あ……い……で……」

だめだ。恥《は》ずかしすぎて、声にだして読めない。

「いるかちゃん、顔が赤いよ」

「いいの! ほっといて」

だって、これ、小学生には刺激《しげき》が強すぎるし……。大胆《だいたん》だし……。

でもこれは、これを書いた人の本心で。

おとなっていいな。自分のほんとうの気持ち、ここまでストレートに手紙に書いて相手にわたせるんだ。

小学生じゃあ絶対《ぜったい》にできない。

あれ?

「ねえ、フェアリー。それで、このふたり、どうなったの?」

「え?」

「だって、手紙が小屋にあったたってことは、わたせなかったたってことなんじゃない？」

「なるほど。もしくは、時なんとかさんはうけとったけど、ほかに心に決めていた男の人がいて、あそこに捨《す》てちゃったとか」

「そんな～。ひどい！」

トルルルル。

そのとき、電話が鳴った。

わたしは、手紙をにぎったまま、リビングにいき、受話器《じゅわき》をとった。

「はい、水野《みずの》です」

「あ、水野さん？　西尾《にしお》だけど」

西尾さんから電話って。さっきまでいっしょだったのにどうして？

「あしたの放課後《ほうかご》、時間ある？」

「あるけど」

わたし、おけいこ事とかしてないから、年中ひまなんだよね。放課後なんて『怪人《かいじん》二十一面相』読んでるぐらいだし。って、そんなことどうでもいいか。

「話したいことがあるの。クレープの家で待《ま》ち合わせしない？」

話したいこと！　なんですか、それ？

「白河《しらかわ》さんはくるって」

「白河さんも……って。なんの話なの？」

「いいからきて」

西尾さんは低《ひく》くズシンとした声をだし、電話を切った。

一体、何がおきたんだろう？

水《みず》野《の》いるか ファッションコンテスト 結果発表！

みなさん、こんにちは。
ファッションコンテストにいつもたくさんのハガキを送ってくれてありがとう！
今回、水野さんが着させてもらったのは、
茨城《いばらき》県《けん》のぷにぷにちゃんがデザインしてくれたお洋服よ！

いま流行の
もこもこルームウェアね！
水野さんが大好きなねこの
イラストもかわいいわ★
水玉模様も、水野さんに
ぴったりね。
p197で水野さんが着ている
から、みてね！

ほかにもかわいいファッションがいっぱいで、とってもうれしかったわ！
またステキなファッションを思いついたら、ぜひ送ってみてね。

ファッションコンテスト募集中！

いるかちゃんにぴったりのファッションを考えて、はがきを送ってね。えらばれたファッションは、「おねフェア」シリーズの中でいるかちゃんが着てくれます。

あて先：〒160-8565　新宿区大京町22-1　ポプラ社児童書編集部
水野いるかファッションコンテスト係まで

★ 絵の下に、「名前」「ペンネーム」「年齢」「住所」「電話番号」を書いてね。
★ 送ってもらったはがきはご返却《へんきゃく》できません。
★ 本の中でどなたの作品かペンネームを発表します。
★ 掲載《けいさい》させていただく場合は、事前にご連絡させていただき、ご許可《きょか》とご確認《かくにん》をとらせていただきます。

クレープの家に集合！

翌日《よくじつ》。

わたしは、おこづかいの三百円をにぎりしめ、クレープの家にむかった。

クレープの家って、ほかのクラスのあまっちっていう女の子がお母さんとやっているお店なんだ（十二巻《かん》を読んでね）。

クレープの家のドアをあけると、カランコロンと鈴《すず》が鳴った。

「いるかちゃん」

テーブルを片づけていたあまっちがかけよってきた。

「ふたりともきているよ。でもあんまりいいムードじゃ……」

わたしは、西尾《にしお》さんと白河《しらかわ》さんがむかい合わせになっているテーブルをみた。

西尾《にしお》さんは厳《きび》しい顔をし、白河《しらかわ》さんは弱ったというか困《こま》ったというふうだった。

何がおきてるの？　わたしは意を決し、ふたりの前に登場した。でも……。

「ま、待《ま》ったあ？　い、いいいいいいお天気だよね～」

意を決したくせに、なんでへらへらしちゃうのよ～。

しっかりしろ、水野《みずの》いるか！

「座《すわ》って」

西尾さんは白河さんのとなりのいすをすすめてくれた。そこにはもう、オレンジジュースがあった。

「ジュースは三つとも、おばさんのごちそうだって」

カウンターで仕切られたキッチンのほうをみると、おばさんが手をふってくれた。

軽《かる》く頭を下げ、落ちつこうと、とりあえず一口飲む。

「水野さん、とつぜん呼《よ》びだしてごめんなさい。白河さんには、先に軽く話しておいたわ」

先に話したって……。一体どんな話なんだろう？

おなかにぐっと力をこめると、西尾さんの口からロケットのように言葉が飛んできた。

「柳田《やなぎだ》くんっていい気になってない？」

な、なんだって？

「どう思う水野《みずの》さん？　柳田くん、うぬぼれてない？」

西尾《にしお》さんは、まっすぐにわたしの目をみていた。

た、たしかに、それはあるとは思うけど。え……。

わたしは、ちらりと白河《しらかわ》さんをみる。

白河さんは苦笑いをしながら、わたしをみた。

西尾さんが話したかったのって、そのことなの？

西尾さんが話しだす。

「わたし、お弁当《べんとう》のときの『女子でもいいや』発言がとても気になるっていうか。寝《ね》る前にハチミツレモンを漬《つ》けた自分がバカみたいに思えてきたっていうか。もっというと……」

西尾さんは、ここで一度言葉をつまらせた。

いうべきかいわないべきか迷ってるようだった。

でも、西尾《にしお》さんは口にした。だれかにいわないと耐《た》えきれないといったふうにみえた。

「柳田《やなぎだ》くんは、ほかの男の子とはちがう。ほかの小学生ともちがう。レベルの高い男の子なんだって思いこんでた自分がバカみたいに思えてきたの」

わたしは何もいえなかった。ただ、ジュースの氷に視線《しせん》をおいている西尾さんをみつめることしかできなかった。

それは、あまりにも衝撃的《しょうげきてき》な発言で。

つまり、その……。西尾さん、柳田に対する思いが冷《さ》めたというか、きらいになったってことじゃないの？

西尾さんは顔を上げ、言葉をつづける。

「別《べつ》の考え方もあるの。これは、認《みと》めたくないことなんだけど。柳田くんは、わたしが思ってたとおり、レベルの高い男の子だとして。けど……」

西尾さんが一度言葉を切る。気になる！　「けど」のつぎが気になるから早くいって！

「いつの間にか、わたしたちが柳田くんをいい気にさせて、『女子でもいいや』っていえちゃう人にしてしまったんじゃないかしら」

わたしたちが柳田《やなぎだ》をいい気にさせたって〜！

そ、そんな発想《はっそう》どこからくるの〜！

そりゃ、柳田がいい気になってるっていうのはときどき思うし、山でも思ったけど、それがわたしたちのせいなんて考えたことは一度もないし。

きっと、西尾《にしお》さんは頭がいいし、存在感《そんざいかん》とか影響力《えいきょうりょく》のあるタイプだから、「わたしのせいで」なんて、言葉がでてくるんだと思う。

わたしは、とてもじゃないけど自分のせいでだれかの考えや性格《せいかく》が変わるなんて想像《そうぞう》もつかないよ。

あれ？　ちょっと待《ま》って。わたしたちって……。

わたしはとなりにいる白河《しらかわ》さんを、そしてむかいの西尾さんをそっとみた。

西尾さんって、白河さんが柳田のこと好《す》きなの、知っているの？

それは、わたししか知らないことだと思っていたんだけど。

すると、西尾さんが強い視線《しせん》でわたしをつらぬいた。体にビリリと緊張《きんちょう》が走る。

「水野《みずの》さん。まず、あなたの意見を聞きたいわ。柳田《やなぎだ》くんをいい気にさせたのはわたしたち、特《とく》に、あなたとわたしだと思わない？」

あ、あなたとわたし？

と、特にって……。

そんなこと、こっちは一度も考えたことないし、答えようがないよ。

でも、西尾《にしお》さん、真剣《しんけん》だから、この質問《しつもん》から逃《に》げちゃいけない気がする。

どうしよう。えーとえーと……。

「西尾さん。わたしが意見いってもいい？」

白河《しらかわ》さんがいった。

「別《べつ》にかまわないけど」

「わたしは、柳田くんはいい気になんかなってないと思う」

白河さんが、控《ひか》えめながらもきっぱりといい切った。

そして丁寧《ていねい》に、言葉をつづける。

「柳田くんは、わたしたちの気持ちなんかかけらも気づいてないと思う。だから、平気で女子でもいいやっていえるんじゃないかな？　もし、『おれってここにいる女の子全員に好《す》かれてるんだぜ』なんて思っていたら、逆《ぎゃく》にもっと言葉に慎重《しんちょう》になるし、その……わたしたち三人を一度に誘《さそ》ったりしないと思うの。いい気になってないからこそ、誤解《ごかい》される発言があるんじゃないかな」

その瞬間《しゅんかん》、このテーブルだけがしんと静《しず》まった。

白河《しらかわ》さんの意見は、フェアリーと通じるものがあるっていうか、もっとも、筋《すじ》が通っているというか、わかりやすいというか、とにかく、そこに口をはさむ余地《よち》はなかった。

西尾《にしお》さんも全く同じことを感じたようで、まさかの意外な相手に一番の真実をいい当てられたとハイレベルな衝撃《しょうげき》をうけているふうだった。

そして、白河さんはそんな西尾さんに気づき、いいすぎたかも、と静《しず》かに下をむいてしまい、わたしたち三人は急にだれもしゃべらなくなってしまった。

まずい。このままだと白河さんが一番まともなことをいったのに、白河さんのせいで空気がわるくなったみたいな展開《てんかい》になってしまう。

どうしよう。

何かいわないと。白河《しらかわ》さんに助けられたんだから、今度はわたしが雰囲気《ふんいき》を変えないと。

「いるかちゃん！　今こそ、手紙の話を」

フェアリーの声がした。それだ！

「あの。これ、みて」

わたしはバッグから例《れい》のぼろぼろの便せんをとりだすと、ふたりともそれに注目してくれた。

そして、山小屋で拾《ひろ》ったこと、フェアリーのラブレター&《アンド》プロポーズ説《せつ》を説明する。

「すごい！　ロマンチック」

白河さんが目を輝《かがや》かせる。

けど、西尾《にしお》さんは対照的《たいしょうてき》だった。

「それ、持ってきてよかったの？　ゴミとまちがえたなんて、いい訳《わけ》にしかならないかもよ」

「え……」

「たしか人の手紙を勝手にあけると、罪《つみ》になるんじゃなかったかしら」

「つ、つみ～！」

西尾《にしお》さんの言葉に、自分の顔から血の気《け》がひいていくのがわかる。

すると、白河《しらかわ》さんがいった。

「それ、切手とか貼《は》ってあった場合じゃない？　これ何もないし、はじめから封《ふう》もされてなかったんでしょ？」

白河さんはそういってくれたけど、自分はひょっとしたら、大変なものをあそこから持ってきてしまったのかもしれないという不安がどうにもごまかせない。

「し、知らないうちに法律違反《ほうりついはん》しちゃったのかな？」

震《ふる》えながら、か細い声をだした。

「いるかちゃん、そんなこの世の終わりみたいな顔しなくても。西尾さんも、大げさすぎるよ」

白河さんがわたしの肩を優《やさ》しくゆらし、西尾さんは軽《かる》く目をふせ、きれいな指でストローを口に当てていた。

そのとき。

「ねえ。これも山の声なんじゃない！」

白河《しらかわ》さんがポンと明るい声をだした。

「だって、トイレのうらに小屋があること、わたし、気がつかなかった。いるかちゃんは、そこに気づいて、しかも、だれも気がつかなかったこの手紙を壁《かべ》と床《ゆか》の間からひっぱりだして、しかも、ここまで持ってきちゃった。と……いうことは、山の声よ。鷹尾山《たかおさん》が、いるかちゃんに、この手紙の存在《そんざい》を気づかせたかった、持って帰らせたかったのよ」

白河さんは、楽しそうだった。

そういわれると、そんな気もしてくる。

すると、むかいの西尾《にしお》さんが「やれやれ」といったふうにスマホをとりだし、何やらいじりだした。

「あるわ。荻久保町《おぎくぼちょう》」

西尾さんの声にわたしも白河さんも同時に「え！」と声をあげる。

「しかも……。光陽駅《こうようえき》から四十五分ですって」

「ほら！　そんなに遠くない！　山はわたしたちにこの手紙の持ち主を探《さが》せっていって

る」

白河《しらかわ》さんが興奮《こうふん》した声をだす。けど、またまた対照的《たいしょうてき》に西尾《にしお》さんがいった。

「探《さが》すってどっちを?」

え……?

「書いたほう? それとも、うけとるはずだった人? どちらを探すの?」

「それはもちろん、この手紙をうけとる予定《よてい》だった人。当時、荻久保町《おぎくぼちょう》に住んでいた時なんとかさん」

白河さんがしっかりと答える。ところが……。

「それ、意味あるの?」

西尾さんの冷静《れいせい》な声に、わたしも白河さんもはっとした。

「この色あせた感じは、十年、もしくは二十年前のことよ。この時なんとかさんは、この手紙の男性とは全く関係ない人と幸せになっているかもしれない。今さらこんなものうけとっても迷惑《めいわく》よ」

う………。そ、そのとおりのような。これぞ、優等生《ゆうとうせい》が想像《そうぞう》するおとなの心理。勝てない。

だけど……そのとき、わたしの体の芯《しん》がぐっと熱くなった。

この手紙をはじめて読んだときのように。

「もし、時なんとかさんがうけとって迷惑《めいわく》な手紙なら、山は、わたしにこの手紙を発見させなかったと思う」

西尾《にしお》さんにきっぱりいい切った。なんだろう、この強気と自信は。なんでこんなに、絶対《ぜったい》にそうだって思えちゃうんだろ。

西尾さんは、わたしの目をみたあと、ストローでカラカラと氷を鳴らし、こういった。

「水野《みずの》さん、その手紙、あずからせてくれない？　家のパソコンでもう少し調べたり、考えたりしてみたいの」

「協力《きょうりょく》してくれるの？」

「だって、山登りって集団行動でしょ。あなたがこの手紙を持ち帰ったことは、わたしたちにとっても無視《むし》はできない。わたしたちにも多少の責任《せきにん》はあるわ。とりあえず、時なんとかって人を探《さが》すだけ探してみましょうよ。で、もし、みつからなかったら、そのときは」

「そのときは……？」

ごくりとツバを飲みこむ。

「この手紙はもとの場所に返すべきだと思う」

「え〜、また登るの！　大変だよ〜」

「あなたが、持って帰ってきたんだから、しかたないでしょう！」

すると白河《しらかわ》さんが、「まあまあ」と、わたしと西尾《にしお》さんをなだめた。

「この話は一度西尾さんにあずけるってことで、クレープたのもうよ」

わたしと西尾さんははっとして、おぼんをだいているあまっちをみた。

あまっち、ずっとそこで待《ま》ってたの〜！

「ご、ごめん。あまっち、今注文する」

わたしたちはあわててクレープを注文した。

おとなの事情《じじょう》

ふう、バナナクレープ食べたらおなかいっぱいになっちゃった。あまっちってば、サービスでアイスまでつけてくれるんだもん。夕飯《ゆうはん》、食べられるかな？

西尾《にしお》さん、これから塾《じゅく》だっていってたけど、こんなおなかいっぱいで勉強なんかできるのかな？　わたしなら、二分で寝《ね》ちゃうよ。

ふくれたおなかで帰宅し、玄関《げんかん》のドアをあけると……。

あれ、知らない靴《くつ》がある。女の人のはくパンプスだ。

「いるかから聞きだそうとしたんだけど、失敗《しっぱい》したのよ」

え……。何、今のお母さんの声？　わたしからって何？

わたしはぬき足さし足で、リビングのドアに近づいた。

「やだ。いるかちゃんから聞きだすなんて」

この声は……！　柳田《やなぎだ》のお母さんの声だ。

わたしはドアに耳をくっつけた。いきなりわたしの名前を連発して、失礼《しつれい》しちゃう！

一体、何話してるの!?

すると、柳田のお母さんがいった。

「でもいいわね、娘《むすめ》って。息子《むすこ》なんて、貴男《たかお》なんて、結局《けっきょく》、父親の味方なのよ。わたし、あのとき、貴男がいっしょに怒《おこ》ってくれるかと思ったの。けど逆《ぎゃく》に、わたしに怒るのよ。くだらないこと根《ね》に持って、とか。きっと娘なら、わたしの味方になってくれたと思うの」

何これ？　一体なんの話？

「柳田さん。その事件《じけん》を男の子に理解《りかい》させるのは、ちょっとむずかしいかもね」

「やっぱりそういうものかしら？」

「わたしは女だし、妻《つま》でもあり母でもあるから、柳田さんの気持ち、よくわかるの。でも、いくら貴男くんが光陽町《こうようちょう》一優秀《ゆうしゅう》な少年でも、その事件に関しては『なんで母さん、そんなに怒るんだよ？』ってなっちゃうものよ」

「まいったなあ」

さっきから事件《じけん》事件ってなんのこと？　よくわからないけど、その事件について、柳田《やなぎだ》と柳田のお母さんは、意見がちがうみたいなことかな？

「そういうことだね、いるかちゃん」

フェアリーが現《あらわ》れた。

わたしはフェアリーの登場に勇気づけられ、さらに聞き耳を立てる。

「鷹尾山《たかおさん》にいかないって決めたのは前日なのよ。あの子ったら、主人の味方ばかりするから、二対一みたいになって。頭きて。けど、ドタキャンしたことがさらに貴男《たかお》を怒《おこ》らせちゃって」

「貴男《たかお》くん、まじめそうだから、そういうの許《ゆる》せないのかもね」

「わたしも少し反省《はんせい》しているの。へんな意地はらないでいけばよかったかなって」

え！　これって、おばさん、用事ができたとかじゃなくて、自分からいかなかったってこと？

さらにおばさんのぼやくような声が聞こえる。

「貴男の友だちを呼《よ》ぶなら、別《べつ》の山にしたかったのよ。あの人、そういうこともわからないのね」

「まあまあ」

お母さんがなだめる。

え……。今のどういう意味？　わたしたち、おばさんにとっては邪魔《じゃま》だったのかな？

「それで、家の中はどんな雰囲気《ふんいき》なの？」

「それがバカみたいな話なんだけど。わたしも登山をドタキャンしたこと、反省しだして、貴男にわるかったなって思うと……」

「急に優《やさ》しくしちゃうんでしょ！」

お母さんのはじけた声が聞こえた。

「そうなのよ！」

「わかる。わたしもいるかに八つ当たりしたつぎの日とか、好《す》きなもの作ったりしちゃうのよ」

「やっぱり？　おかしいわよね。親なのにおとなげないわよね～」

聞いててびっくり！　ええ、お母さんってそうなの？

「でも、そのわたしの反省《はんせい》からくる優《やさ》しさが、貴男《たかお》からすると、わざとらしくていらだつみたいで」

「なるほど」

「うち、朝いつもはトーストなんだけど、ちょっと気合い入れてフレンチトーストにしたら、食べないで学校いったのよ！」

「貴男くん、頭がいいのね。敏感《びんかん》なのよ。うちのいるかなんて単純《たんじゅん》だから、わたしが八つ当たりしても、好きなもの作ればすぐに『お母さん、大好《だいす》き～』ってなるわよ」

「かわいいわねえ。貴男も勉強できなくてもいいから、単純な子どもに育《そだ》ってほしかったわ」

くうう。単純《たんじゅん》だって～！　子どもをなめとるのか～！　おばさんも一言多いよ！

「いるかちゃん、落ちついて」

フェアリーが怒《いか》りで震《ふる》えるわたしをなだめる。

「でも、そんなことでけんかするなんて、柳田《やなぎだ》さんのところ仲《なか》がいいのね？　だんなさんのこと、いまだに大好《だいす》きなんでしょ？」

「やだ、水野《みずの》さん、からかわないで」

な、何？　急に子どもがドキドキするような会話しないでくれる？

でも、なんだ？　ええと、つまり、話を聞いていると、柳田のおばさんと柳田がけんかしていて、おじさんが柳田の味方みたいなことになってるのかな？

「ちがうよ、いるかちゃん」

え？　どうちがうの？

「柳田くんのお父さんとお母さんがけんかしていて、柳田くんがお父さんの味方をしているんだよ」

わたしは口をあけ、ほほに両手を当てた。

そういうことか！　それで、おばさんは意地はって登山をドタキャンし、おじさんは小屋で「鈍感《どんかん》って怒《おこ》られちゃって」とかぼやいてたんだ。これでつじつまがあった！

「柳田《やなぎだ》くんも大変なんだろうね」

フェアリーがいった。

「たいへん？」

「けんかしている両親をみて、結婚《けっこん》ってなんだろうとか思っちゃったんだよ」

思わず「あ」と大きな声をだしてしまう。

それで、わたしに突然《とつぜん》「結婚ってどう思う？」って聞いてきたんだ！

くうう、柳田のばかあ。だったら、「父さんと母さんがけんかしてる」って素直《すなお》に相談《そうだん》してよ！　急にそんなこといわれたら、恋《こい》する女子は勝手に妄想《もうそう》して舞《ま》いあがっちゃうでしょ！

「あら。いるか、帰ったのかしら？」

お母さんがソファーから立ち上がった気配《けはい》がした。

まずい！

わたしはすぐさま放《ほう》っておいたバッグを肩《かた》にかけ、玄関《げんかん》にもどり、靴《くつ》を脱《ぬ》いでる芝居《しばい》をした。

「いるか、今帰ったの？」

「うん、ただいま～」

いかにも今帰ってきたようにしてるけど、心臓《しんぞう》から汗《あせ》がでてる気分だよ。

「わたし、そろそろおいとまするわ」

そういって、柳田《やなぎだ》のお母さんもリビングからでてきた。わたしは立ち上がり、ええと、ええと、ごあいさつみたいなことしないとなあと一生懸命《いっしょうけんめい》考える。

「あ、こんにちは。こ、この間は、おじさんにいろいろ教わって……その、楽しかったです」

「そう、よかった。いるかちゃん、よくがんばってたって、おじさんもいってたわ」

「そうですか～」

うわあ、そんなふうに思われてるんだ。わたし、めったにほめられないからうれしいよ。

「じゃあね、水野《みずの》さん。いるかちゃんもさよなら」

「また、何かあったら、相談《そうだん》してね」

柳田《やなぎだ》のおばさんは手をふって、帰っていった。

わたしは何気なくお母さんに、

「ねえ、相談って何？」

って聞いてみた。

「う～んと……。まあ、おとなはいろいろ考えないといけないことがあるのよね」

と、お母さんは階段《かいだん》を上っていった。

「へえ。そうなんだ」

わたしは、お母さんの背中《せなか》に心の中で（何よ、どうせ、わたしは単純《たんじゅん》なんでしょ！）と、
ちょっといやみっぽくいってみる。

それにしても事件《じけん》ってなんだろう？

「それが原因《げんいん》で、柳田くんのお父さんとお母さんはけんかしたってことだろうね」

わたしはフェアリーの言葉にうなずく。

けんかの原因にしても、手紙にしても、人生ってなぞが多いんだなあ。

ラブレターを書いたのはだれ？

つぎの日学校で、西尾《にしお》さんから「中休みに階段《かいだん》の踊《おど》り場にきて」といわれた。

どうやら、なぞの手紙のことで、わかったことがあるらしい！　時なんとかって人を探《さが》せるのかもしれない。

一時間目の授業《じゅぎょう》も二時間目の授業もそのことばかり考えていて、授業なんかぜんぜん聞いてなかった。

まあ、いつも聞いてないけど。

そして、中休み。踊り場にいくと、西尾さん、白河《しらかわ》さんもいる。

西尾さんがわたしたちにプリントアウトした紙を配《くば》ってくれた。

「ネットで調べた結果《けっか》、荻久保町《おぎくぼちょう》には『時』の字のつく女の人がふたりいたわ。まず、ひとり、時山時江《ときやまときえ》っていうイラストレーター。ペンネームかと思ったら本名なんですって。ホームページのプロフィール欄《らん》に書いてあった。しかも……」

西尾《にしお》さんが配《くば》った紙には「時山時江」って人のホームページのプロフィール欄が印刷《いんさつ》されていた。

そこには、今までに出版《しゅっぱん》した本、デザインしたもの、誕生日《たんじょうび》、出身地は荻久保町《おぎくぼちょう》などと書かれてあり、しかも……。プリントアウトされた紙には、時山時江さんの顔写真も載《の》っていた。

年齢《ねんれい》はわたしのお母さんぐらい。

ウェーブヘアが似合《にあ》う、まなざしが印象的《いんしょうてき》な美人だった。

――ぼくの人生をあなたにささげます。

男の人が、そう思っちゃいそうな感じがぷんぷんする！

それに、名前に「時」が二つもついていることに、強力なものを感じる。

この人があの手紙をうけとる予定《よてい》の人だったんじゃあ！

わたしは、西尾さんをみた。

「いいたいことはわかるわ。まあ、イメージだけで決めるのはどうかだけど、とりあえず、候補者《こうほしゃ》ね」

白河《しらかわ》さんもうなずく。

「そして、もうひとり」

西尾《にしお》さんが、二枚目《まいめ》の紙をわたしたちにわたした。

そこには、喫茶店《きっさてん》「タイム」というお店の地図と住所、ブログが印刷《いんさつ》されていた。

ブログのタイトルは「マダムのつぶやき　～喫茶店タイムより～」だった。

「ブログは数年前からはじめられて、半年に一回ぐらいしか更新《こうしん》されていないわ。ざっと読んでみたけど、名字が時田《ときた》っていうのはわかった。けど、下の名前はわからない」

西尾さんがそう説明《せつめい》すると、白河さんが、

「顔の写真はないの？」

と、聞いた。西尾さんは首をふる。

「ないわ。こういう、コーヒーにそえてだすクッキーや、新しく購入《こうにゅう》したカップの写真しかない」

「でも、候補《こうほ》だよ」

わたしは、西尾《にしお》さんがプリントアウトしてくれた紙をみつめる。

このふたりのうち、どちらかがあのラブレターをうけとるはずだった人なのかもしれない。

そう考えると、心がキラキラと輝《かがや》きだした。

どうしてだろう。なんで、こんなにあの手紙を書いた人に会いたいんだろう？　探《さが》しださなきゃいけないっていう使命感みたいなものが体の底《そこ》からわきでて止まらないんだろう？

そのとき、廊下《ろうか》を歩く柳田《やなぎだ》と目があった。

柳田は、階段《かいだん》を数歩下りてくる。

「なんだ？　みんなでクッキー食べにいくのかよ」

どうやら、プリントアウトされた紙のクッキーの写真だけみえたみたい。

もう、食べ物には目ざといんだから！

「関係ないでしょ！」

そういったのは西尾《にしお》さんだった。

緊張《きんちょう》した空気がぴりりと走り、わたしと白河《しらかわ》さんは驚《おどろ》く。

だって、西尾さんが柳田《やなぎだ》にそんなきついもののいい方するなんて。

驚く以外《いがい》に、どう反応《はんのう》すればいいの？

「女子どうしの話だから」

西尾さんがそういうと、柳田は「あ、ああ」と、途中《とちゅう》まで下りた数段《すうだん》を、そそくさと上っていった。

柳田が去っていくと、西尾さんは軽《かる》くくちびるをかみしめていた。

その姿《すがた》は柳田にきついことをいったのを後悔《こうかい》しているようでもあり、「当然《とうぜん》よ」と自分にいい聞かせているようでもあった。

どうやらあの「女子でもいいや」発言は、西尾さんの心にかなり深《ふか》く突《つ》き刺《さ》さってしまったみたい。でもそれは、西尾さんが、柳田を好《す》きだからこそで、どうでもいい男子が「女子でもいいや」っていっても、西尾《にしお》さんは気にもとめないんだろうな。

わたしは、西尾さんに言葉をかけたくなった。

「西尾さん、ありがとう」

「え？」

「これ、調べるの大変だったでしょ？」

すると、白河《しらかわ》さんもすぐさま、

「ほんとほんと。助かった。わたしといるかちゃんじゃあ、ここまで調べられないもん。ありがとね」

と同調してくれた。

「まあ、勉強の気晴《きば》らしにやっただけだから」

西尾さんは、柳田《やなぎだ》のことをまだひきずっていたようだけど、声はだしてくれた。

「で、どうしようか？」

わたしがそうたずねると、白河さんが、

「今度の日曜日。荻久保町《おぎくぼちょう》にいこう」

と提案《ていあん》し、話がまとまったところでチャイムが鳴った。

教室にもどるとき、西尾《にしお》さんがわたしに、

「水野《みずの》さん。柳田《やなぎだ》くんにこのこといっちゃだめよ。これは女子三人のことだから。あなた、なんでも話しそうだから」

と、注意された。

うっ……。なんでも話しそうって……。いつもは自分が柳田になんでも話して、どんなことしてでもそばにいこうとしてるくせに！

柳田《やなぎだ》くんのぼやき　その②

最近《さいきん》、どうも西尾《にしお》がおかしい。

おかしいというか、おれに怒《おこ》ってる気がする。

山登りに誘《さそ》ったときはすげえはしゃいでたのに、登山のつぎの日から急に変わった。

塾《じゅく》の帰りに「きのうは筋肉痛《きんにくつう》にならなかったか？」って話しかけたら「別《べつ》に」の三文字だけを口にして、むかえにきた真っ赤なスポーツカーに乗りこんでしまった。

運転しているおばさんは窓から顔をだし、「きのうはありがとう」と笑顔だったが、西尾はムスッとしていた。

きょうも、学校でいるかや白河《しらかわ》と話しているときに話しかけたら、「関係ないでしょ！」とかいわれるし。

関係ないといえば、おれにはなんの関係もないけど、そこまでいうかな？

まあ、もともとつぜん機嫌《きげん》がわるくなって、とつぜんニコニコしだす面倒《めんどう》くさいやつだから、どうでもいいといえばどうでもいいんだけど。

気になるといえば気になるんだよ。

気になるといえばもう一つ。母さんだよ。

これも登山の翌朝《よくあさ》から、急に態度《たいど》が変わった。

やたら、おれに気をつかうんだよ。ずっと不機嫌《ふきげん》だったのに、やたらニコニコしたり朝のただのトーストがフレンチトーストになってでてきたり。

わけがわからねえ。

あのフレンチトースト、うまそうだったんだけど、これ食べたら負《ま》けみたいな気がして、食《く》わないで学校にいったんだ。そうしたら、給食まで腹《はら》が鳴ってばかりで大変だった。

全く、不機嫌《ふきげん》だったりニコニコしたり、西尾《にしお》と母さんって似《に》てるよな。

なんで女ってどいつもこいつも、意味不明に機嫌が変わるんだよ。そこにふりまわされるおれって、なんなんだよ。

そんなことを考えながら歩いていたら、ファミレスの前まできていた。

きょうの夕飯《ゆうはん》は、ここで父さんとふたりなんだ。母さん、友だちと会合があるんだって。

どうせならずっと帰ってくるな。

店の中に入ると、父さんはもう座《すわ》っていた。ビールを飲みながらポテトをつまみ、本を読んでいる。

おれは、父さんのむかいに座った。

「おお、きたか。好《す》きなもの頼《たの》め」

おれはメニューをみて、クリームコロッケがないことがわかると、エビフライセットを、水を持ってきた店員に注文した。

父さんはあまり腹《はら》がへってないらしく、ポテトとチキンでいいらしい。

パタンと本を閉《と》じる音が聞こえると、父さんはとうとつにいってきた。

「きのうは、朝ごはん食べなかったらしいじゃないか？」

「な、なんだよいきなり」

「母さんがぼやいていたよ。最近《さいきん》、貴男《たかお》が反抗的《はんこうてき》だって」

父さんは静《しず》かに笑っていた。

「いらつくんだよ」

思わずばっさりといってしまった。まずい。いいすぎかも。

「ほう。どうして?」

しかし、父さんは眼鏡《めがね》をふきながら、余裕《よゆう》を持った態度《たいど》で接《せっ》してくれた。父さんはいつもそうだ。どこかおれに対して余裕がある。だから、おれも安心して本音《ほんね》をつづけた。

「だってさ、あんなくだらねえこと根《ね》に持って、父さんとけんかして、登山ドタキャンして、つぎはご機嫌《きげん》とってきて。不機嫌だったり、ニコニコしたり。何考えてるかわからねえんだよ」

おれはいいながら、はっとした。そうだ。わからないんだ。だから、いらつくんだ。

水をぐびっと飲み、ついでのような勢《いきお》いでもう一ついってみる。

「西尾《にしお》もよくわからないんだよ」

父さんは、これはまた意外な人物が会話にでてきた、と目を丸くしていた。

「西尾も、ニコニコしたり怒《おこ》ったりがはげしいやつでさ。しかも、理由がわからないんだよ。どうして怒《おこ》ってるのか、どうしてとつぜんニコニコしたのかがわかれば、こっちだって対処《たいしょ》の方法はあるんだけど。わからないからときどきふりまわされてさ」

「貴男《たかお》は、西尾《にしお》さんにふりまわされているのか?」

父さんは、軽《かる》く笑いながら聞いてきた。

おれは自分の恥《はじ》をさらした感じがして、「いや、そこまでもないかな」と急に言葉をにごしてしまった。

「じゃあ。う〜ん、いっしょに登った白河《しらかわ》さんにもふりまわされていると思うのか?」

「白河?」

そのとき、ちょうどエビフライとライス、スープがやってきた。

おれは、ナイフとフォークをとりながら、

「白河は空気読むやつだよ。いつも落ちついていて。そうだな。こう考えると一番トラブルのないやつだよな」

と、エビフライに切れ目を入れた。ふわっと湯気《ゆげ》が立ちのぼる。

おれは皿のわきにもりあがっているタルタルソースの中にエビフライをつっこんで、

口に入れた。うん、いける。

「じゃあ、いるかちゃんは？」

その質問《しつもん》にいきなり、おれの口の中でエビフライが暴《あば》れだした。まさかこのエビ、生きてるのか？　いや、おれがむせただけだ。

「大丈夫《だいじょうぶ》か？」

父さんが水を手わたした。

おれは暴れたエビフライを胃袋《いぶくろ》に流しこんだ。

「い、いるかだろ。あ、あいつは……そうだな。けっこう、鈍感《どんかん》だな」

「へ？」

父さんがきょとんとした。

「だってさ。おれ、山登りの最中《さいちゅう》、あいつがけがしないかとか、誘《さそ》った以上《いじょう》途中《とちゅう》で脱落《だつらく》させないようにとか、いろいろ注意してたんだぜ。なのに、うるさいみたいな顔しやがってよ。人の気持ちなんかわからないんだよ」

おれは、いるかがおれの気持ちも知らずに、キャッキャしているうしろ姿《すがた》を思いだすと、西尾《にしお》や母さんに対するいらだちとは、どこか種類《しゅるい》のちがういらだちがこみあげてきて、ライスをばくばくと口に放《ほう》りこんだ。

すると、父さんはしばらく目を丸くし、そのあとふきだした。

「なんだよ？」

「いや……。そうか。いるかちゃんは鈍感《どんかん》か。つまり、なんだな。貴男《たかお》の話を聞いていると、人は自分の優《やさ》しさや気づかいを理解《りかい》してくれない相手に、鈍感だと怒《おこ》るんだな」

父さんは、小さな発見をした子どものように笑った。

「別《べつ》に、おれはいるかに優《やさ》しいわけじゃないよ！　ただ、誘《さそ》った以上責任《いじょうせきにん》があるってだけだ」

「ああ、そうだな」

父さんはゆったりした顔で、ビールを飲む。

「父さん、これだけはいっておくよ。母さんは、父さんのこと鈍感っていってたけど、父さんはぜんぜんそうじゃないよ。おれ、母さんのほうがずっと図太《ずぶと》いっていうか、鈍《にぶ》いっていうか、女って鈍いなって思う」

そうだ。女って鈍《にぶ》い。女が急に笑ったり怒《おこ》ったりで、こっちが、男が、イライラしたり疲れたりすることに気がつかない。

「おいおい。ぼくと母さんがけんかしてるからって、おまえが女性ぎらいになったりしたら困《こま》るよ」

父さんは、笑いながらおれをなだめた。

「けど、貴男《たかお》の気持ちはわからないでもない。ぼくも、今思い返すと、おまえぐらいのころから、女の子を怒らせることが多かった気がする」

「え？　父さんも？」

「おまえにはわるいが、息子《むすこ》としてうけつがせてしまったのかもしれない」

おれは、父さんのその言葉に心がほのかに温められた気がした。おれと父さんには同じものがある。だけど……。

「ねえ。どうして、おれも父さんもとつぜん女子を怒らせるんだろ？」

「よくわからないんだが、父さんの場合は、女性にとって大切なことを忘《わす》れているか、一言多いか、らしい」

「一言多いって。父さん、あんまりべらべらしゃべるタイプじゃないよね」

「だからこそ、その余計《よけい》な一言が永遠《えいえん》に女性の頭に残《のこ》るらしいんだ」

「それ、ひょっとして母さんにいわれたの」

「そのとおり」

おれは、最後《さいご》のエビフライを食べながら思った。

女子ってねちっこい。たまたまこっちが忘《わす》れたとか、たまたま口にしてしまった余計な一言を、あいつらはずーっと覚《おぼ》えているんだ。

しかもその大切なことってのは、すげえくだらねえことで、余計な一言ってのもアホみたいな言葉なんだよ、絶対《ぜったい》に。

最後《さいご》のエビフライを飲みこむと、おれは、思い切って聞いてみようと思った。

ずっと心にたまっている、恐《おそ》れていることを。

「ねえ、父さん」

「うん?」

「手芸《しゅげい》ってさ、いっしょにいった宮島《みやじま》って……いま、二番目の母さんと暮《く》らしてるんだよ」

父さんがおれの目を静《しず》かにみる。

「つまり……なんていうか……別々《べつべつ》になるとかないよね？」

父さんが目を丸くする。

「おまえ、そんな心配《しんぱい》してるのか？」

「だって、山登りのとき、あきらめる大切さとかいうから」

父さんは、今度は頭をかいた。

「まいったなあ。そうとられたか。あのな、貴男《たかお》。この手のけんかは今までにも何度も、そうだな、二年に一度ぐらいはやってるんだよ。大したことじゃない」

「え……うそ？　おれははじめてみたぜ」

「今までは、おまえが父さんと母さんのけんかに気がつかなかったんだよ。貴男《たかお》、おまえ、成長してしまったんだよ」

父さんのいった成長という言葉がすっと心にしみこんだ。それはうれしくもあり、特《とく》に父さんからいわれたというのがとても心地《ここち》よかったんだけど、どこかひっかかるものもあった。単純《たんじゅん》に手放《てばな》しで「うれしい！」という気持ちにはなれなかった。

その夜。
おれは、布団《ふとん》の中で、ずっと二つのことを考えていた。
一つは、父さんのいった成長という言葉。そしてもう一つは、いるかのことだ。
なんでかわからないけど、この二つがずっと頭の中でもやもやとただようんだ。
どうしているかのことを聞かれたとき、エビが口で暴《あば》れたんだろ。
おれは、あのとき、いるかは鈍感《どんかん》だっていった。
でも、それだけじゃない。
脳《のう》みそのあちこちに手をつっこんで、記憶《きおく》をほじくり返す。
例えば。五年生のころに父さんに同じ質問《しつもん》をされたらどうだろう?
へんだけど、わかりやすいやつって答えた気がする。おもしろいやつとか。
とにかく、すぐに答えがでた気がするんだ。
だけど、今はすぐに答えがでない。

とりあえず、あの場では登山でむかついたから「鈍感《どんかん》なやつ」って答えたけど、あれは、その場しのぎの答えであって、ほんとうの答えじゃない。

いるかに対してのほんとうの答えってなんだ？

昔はすぐにでたのに、どうして今はでないんだ。

そこまで考えると、とつぜん頭の中の霧《きり》がすっと晴《は》れた。

どうして、今はすぐに答えがでないのか……。それは、おれもいるかも成長したからじゃないのか？

そして、成長って、すばらしいこととはいい切れないんじゃないか？

父さんはいってた。おれが成長したから、父さんと母さんのけんかに気づいたって。

成長って、今まで気がつかなかったことに気づいて悩《なや》むことでもあるんだ。

だから、手放《てばな》しで喜《よろこ》べないって、あのとき思ったんだ。

つまり、おれは今まで気がつかなかったことに気づきつつあって……。

だから、あのとき、エビフライが暴《あば》れたのかもしれない。

そんなことを考えながら、目を閉《と》じた。

バイバイ、柳田《やなぎだ》

そして、問題《もんだい》の荻久保町《おぎくぼちょう》にいく日。

登山と同じく光陽駅《こうようえき》で待《ま》ち合わせになった。

でも、その前に……。

「いるか、この本、返却期限《へんきゃくきげん》きょうまでよ！」

お母さんにいわれてしまった。図書館で借りた『怪人《かいじん》二十一面相』！　きょう中に返さなきゃ。

というわけで、予定《よてい》より早く家をでて、図書館によることに。

本を返し終わって、図書館内の時計をみると、待ち合わせまでにけっこう時間があることに気づいた。

う～ん。なんか読んでようかな、と館内をうろついていると……。

「いるかちゃん！　あそこ！」

とつぜんフェアリーが現《あらわ》れて、指をさす。その方向には意外な人がいた。

わたしはとっさに本棚《ほんだな》の陰《かげ》にかくれた。そっと首だけだし、目を細める。

柳田《やなぎだ》、何熱心に読んでるんだろ。

ええと……『離婚《りこん》・結婚《けっこん》のルール』？

「フェアリー、おじさんとおばさん、大変なことになってるよ！」

「それはちがう。あれはあくまでもただのケンカでしかないよ。ねえ、いるかちゃん、柳田くんと話してみたら？」

「話って何を？」

「柳田くん、ひとりぼっちでおじさんとおばさんの問題《もんだい》と戦《たたか》っていると思うんだ。それで、どうしてもオーバーにとらえているんじゃないかな？」

そういうことか。ようし、ここはちょっとがんばってみようかな？

わたしは、柳田のそばに歩みより、思い切って口笛《くちぶえ》でもふくかのようにいってみた。

「こないださ、柳田《やなぎだ》のおばさん、うちにきてたんだよ」

柳田の表情《ひょうじょう》が止まった。


わたしたちは、図書館の入り口付近《ふきん》の花壇《かだん》に場所を移動《いどう》させた。

「へえ。母さん、いるかのお母さんにそういうこと相談《そうだん》するのか」

柳田が花壇のレンガの部分に座《すわ》るので、わたしも横に座った。

「つまり、登山をドタキャンしたのが親としてまずかったから、おれに急に優《やさ》しくなったってことか」

「大変なんだよ。おとなも、おばさんも」

「ふうん」

「何、その他人事みたいな返事」

「だったら登山をドタキャンしないで、くればよかったじゃん」

う……。そういわれるとそうだけど。も〜う、なんて説明《せつめい》すればいいのかな〜！

「いるかちゃん。まず、おじさんとおばさんのけんかの原因《げんいん》を聞いてみなよ」

フェアリーの声がした。そうだ。まずそこからいこう。それがわからないと前に進めない！

「ねえ。けんかの原因って何？」

柳田《やなぎだ》が少し黙《だま》ったあと、口をひらいた。

「びっくりするぐらい、すげえくだらねえんだよ」

「柳田にとってはくだらなくても、おばさんにとってはそうじゃないのかもよ」

「いや、あれはもう、くだらねえとしかいいようがねえ。あんなくだらないことが原因っていうのが、おれはむしょうに腹立《はらた》つんだよ」

柳田は、心底《しんそこ》、頭にきているというふうだった。

「くだらねえじゃわからないよ。ちゃんと話してよ」

柳田は、ぽんと一言口にした。

「みかんだよ」

「は？」

「けんかの原因《げんいん》はみかん」

「へ？」

「だから、全てはみかんから、みかんの缶詰《かんづめ》からはじまったんだよ！　どう考えてもくだらねえだろ」

みかんの缶詰って……。わたし、大好物《だいこうぶつ》なんだけど。でも、それが原因って。

自分で自分の口がポカンとあいているのがわかる。

「ごめん。ちゃんと順序立《じゅんじょだ》てて説明《せつめい》するよ」

柳田《やなぎだ》は青い空をみあげ、軽《かる》く息をはき、話しだした。

「登山にいく一週間前ぐらいなんだけど。学校から帰ったら、母さんがのどはらして、熱だして寝《ね》てたんだよ。おれは、父さんの携帯《けいたい》に電話した。で、父さんがいろいろ買って、夕方帰ってきた」

「それで？」

「熱のときとかのど痛《いた》いときって、食欲《しょくよく》ねえじゃん。だから父さん、みかんの缶詰買ってきたんだよ。みかんの缶詰皿にあけて、アイスクリームわきにのせて、母さんが寝ている寝室《しんしつ》に持っていったんだ」

わたしは一つのお皿にみかんの缶詰《かんづめ》とアイスがのっていることを想像《そうぞう》する。

よだれが口の中に広がっていった。

「おいしそう！　おじさん、優《やさ》しい！」

「そう思うだろ！　けど、父さんは全く手のつけられなかったみかんの缶詰とアイスを持って、しょんぼりとリビングにもどってきた」

「え……どうして？」

「手のつけられていない皿をみて、おれもそのとき思いだしたんだよ。母さん、みかんは好《す》きなんだけど、みかんの缶詰は大きらいなんだよ」

「な、なんで？」

「子どものころ、みかんの缶詰食《く》おうとして、あけたらフタのうらに虫がいたんだって。しかも、それに気づかないまま、一度口に入れたらしくて」

きええええ！　想像《そうぞう》しただけで口の中が気持ちわるくなってきた！

「それで、おばさん、みかんの缶詰恐怖症《きょうふしょう》になったんだ！　それはなるよ！」

柳田《やなぎだ》はうなずいた。

「おれも父さんも、その話聞いたことあるんだ。けど、ほんとうにうっかり忘《わす》れていたんだよ。母さん、はれたのどで父さんに『あなたは、研究《けんきゅう》のことなら全部覚《おぼ》えてるくせに、わたしのそういうところは覚えてない』とかなんとかいったらしくてさ。そして、いまだにふたりは険悪《けんあく》」

「おばさんの気持ちもわかるけど、おじさん、うっかりしていただけなんだから、そこまで怒《おこ》らなくても」

「そうだろ！　その瞬間《しゅんかん》怒るのはわかるけど、つぎの日もまたそのつぎの日も怒ってるのが、おれ、どうしても理解《りかい》できねえんだよ」

わたしも柳田の意見に賛成《さんせい》だ。おばさん、小さなことをひきずりすぎている。

すると、フェアリーの声がきこえた。

「ねえ、いるかちゃん。もしだよ。もし……。いるかちゃんが熱だして学校休んで、柳田くんがお見舞《みま》いにいるかちゃんの大きらいな納豆《なっとう》を持ってきたらどうする？」

え～！　お見舞いはうれしいけど、納豆はいやだあ！　っていうか、柳田、わたしが納豆《なっとう》きらいなの知らないの？　っていうのがショックだよ。わたしに興味《きょうみ》ないの……って。

あ！

「でしょ、いるかちゃん。それとね、たぶんおばさんにとってこういうことが一度や二度じゃないんだと思うんだ。いるかちゃんもよく柳田《やなぎだ》くんに、わたしの気持ちわかってくれない！　って怒《おこ》るじゃない。それも、柳田くんとのつきあいが長くなるほど、深《ふか》くなるほど、増《ふ》えていくでしょ？」

そうなんだよ！　昔より、ずっとしゃべる機会《きかい》が多くなったのに、ほんとうならうれしさだけが増えていくはずなのに、なぜか怒っちゃうことも増えていくんだよ。

わたしはふっと、山小屋でのおじさんの横顔を思いだした。

わたしたちよりたくさんの時間をすごしてきた、あの表情《ひょうじょう》。

ひょっとしたら、おばさんは「わたしの気持ちをわかってくれない！」っていういらだちをわたしよりもたくさん味わいつづけてきたのかもしれない。

それでおじさんに怒って、柳田が完全におじさんの味方しちゃって、おばさん悪者《わるもの》みたいになって、家の中でひとり浮《う》いちゃったら……。

わたし、山登りなんかいかない！　ってすねちゃうのもわかる。

でも、おとなでもすねるんだな。うちのお母さんならともかく、柳田《やなぎだ》のお母さんが意地はるとかすねるとか、そういう子どもみたいなことしちゃうなんて。びっくり。信じられない！

「いるかちゃん。基本《きほん》、おとなも、子どもみたいに怒《おこ》るとかすねるとか意地はるとか、しょっちゅうやってるから。ただ、おとなは、子どもには、そういうところみせてはいけないってがんばってるだけでさ」

へえ。そうなんだ。みせないだけなんだ。

「おい、いるか！　何ひとりで、ブツブツいってるんだよ。おれは大まじめにおまえに話してるんだから、ひとりの世界に入るのやめてくれよ！」

柳田が怒りだした。まずい！　かなり長い間フェアリーとしゃべってたかも！

「ご、ごめんごめん。おばさんの気持ちをいろいろ考えてたんだ」

わたしは、へへとごまかした。

「母さんの気持ちなんか、知らねえよ。単《たん》にわがままなんだろ」

あちゃあ。柳田《やなぎだ》、おばさんのことすごくきらいになってる〜。柳田がおばさんの気持ちを少しでもわかってあげたら、おばさん、山登り参加《さんか》したんだよ〜。

もう、なんでそこをわからないのよ！

「おれ、ぜんぜん気がつかなかったんだけど、父さんと母さんって二年に一度ぐらいけんかしてるんだって。父さん、笑いながらいってた。でもさ……二年に一度ってやばくない？」

「やばいって？」

「だから、その、別々《べつべつ》になるっていうか、離婚《りこん》っていうの？」

そうか。だからさっき柳田、そういう本、読んでたんだ。フェアリーのいうとおりだ。ひとりで悩《なや》みすぎてオーバーになっている。

「それは、ちょっと考えすぎだよ。お母さんいってたよ。柳田のおばさんは、おじさんのこと大好《だいす》きなんだって。だから、けんかになるんだって。くだらないことでけんかしたんだから、きっとくだらないことで仲直《なかなお》りだよ」

あ！　なんかいいことといえた気がする！　柳田の役に立つようなことが！

ところが……。

「どうして、好《す》きなのにけんかになるんだよ」

「へ？」

「好きならけんかにならねえだろ」

「ほら、人を好きになると小さなことでも大さわぎになるみたいな……」

わたしはそういいながら、急に心臓《しんぞう》が鳴りだした。

だって、これって自分のことみたいで。それを柳田《やなぎだ》に話すって、かなり度胸《どきょう》いるっていうか、大量《たいりょう》の氷を背中《せなか》に入れるとかしないと、体中が熱くなって、わたしの気持ちがばれてしまいそうだよ。

ところが……。

柳田はあんぐりと口をあけていた。そして、こういった。

「なんだよ、それ。好きになると小さなことでも大さわぎって？　ことわざか？　今、塾《じゅく》でことわざにかなり力入れてるけど、聞いたことないな」

丸めた紙を頭にぶつけられた気がした。

わからないんだ。好《す》きだから小さなことでも大さわぎってこと、柳田《やなぎだ》、ぜんぜんわからないんだ。

するると、柳田がぼそりといった。

「おれの母さんってさ、ひょっとして、ちょっと性格《せいかく》わるいんじゃねえか？」

「わるくなんかないよ！　それ、ぜんぜんちがうよ。たぶん、西尾《にしお》さんみたいなことなんだよ」

柳田が「え」という顔をする。

まずい、失敗《しっぱい》した！　ほんとうはつぎに、「西尾さんといっしょで、人としてはしっかりしているんだけど、好きな人にはわがままっていうか要求《ようきゅう》が大きくなるんじゃない？」っていおうとしたんだけど、それ、いっちゃだめだよね。っていうか、いいたくない。

「なんだよ、西尾みたいって」

「う、う〜ん」

弱った。どうすればいいの？

「西尾みたいに、ニコニコしたり怒《おこ》ったりする、面倒《めんどう》くさいやつってことか」

驚《おどろ》いた。

柳田《やなぎだ》って、西尾《にしお》さんのことそうみてるんだ！　ニコニコしたり怒《おこ》ったり面倒《めんどう》くさいって！　どうして西尾さんが怒ってるのか、ぜんぜんわかってないんだ。

もう、おばさんのことばかりわるくいってないで、自分をかえりみたら！

「わけわかんねえな」

柳田はそういって、遠い一点に視線《しせん》をおいた。

まずいなあ。ただでさえ、おじさんとおばさんのことでひとりで苦しんでいるのに、気分わるくさせちゃったよ。あれ……あ、でも……！

「そうか！　柳田は、なんだかんだいっても、おばさんのことすごく好《す》きなんだね」

「え？」

「だってほんとうにきらいなら、『おれ、ふたりが別《わか》れたら、父さんと暮《く》らすんだ〜やった〜！』ってなるじゃん。でも、それが不安で、ひとり悩《なや》んでいるってことは、おばさんのことわるくいいながらも、おばさんと離《はな》れるのがいやなんだよ。おばさんのこと大好きだから、いろんなこと考えちゃうんだよ」

そうだ。そういうことだ。そこに気づくと、わたしはほっとした。ふふ、柳田《やなぎだ》ってかわいいところもあるんだな。

ところが……。

「何、笑ってるんだよ！　ふざけるな！」

柳田が立ち上がり、わたしの体を打ちぬくような強い声をだした。

「ふ、ふざけてなんか。だって、それって、いいことだし」

わたしはおろおろと口を動かす。な、なんで？　どうして、柳田怒《おこ》ってるの？

「えらそうに、人の心とか解説《かいせつ》しているんじゃねえよ」

な、何？　何いってるの、柳田？

「山ではおれの気持ちもわからないでへらへらしてて。おまえ、鈍《にぶ》いよ」

ぷすっと体に矢《や》が刺《さ》さった気がした。にぶいって……わたしが⁉

「山登ったときに思ったよ。おれは、みんなが、おまえが、けがしないように、無事《ぶじ》に頂上《ちょうじょう》まで登れるように、うしろから注意していたのに……。走りだしたり笑ったり」

「ご、ごめん」

それにはわけがあって。白河《しらかわ》さんといろいろあって。しかも、その理由作ったの柳田《やなぎだ》でもあって……。ほんとうはそういいたいけど、柳田の迫力《はくりょく》におされて何もいえない。

「い、今だって、人が真剣《しんけん》に話しているのに、へらへら笑いやがって！」

「そんなつもりで笑ったんじゃない！」

「じゃあ、どういうつもりなんだよ！」

どういうつもりって……。柳田、ほんとうはおばさんのこと好《す》きでかわいいなあって……。いつもクールだけどそういうところもあるんだって。そういうところ、みられてうれしいなって……。つまり、好きだなって……。

だめだ。これもいえない！　というか……もっといえない！

「へらへら笑ったあとは、だんまりかよ！」

だんまりかって……。だって……。でも…………どうしよう。

「かわいいって思ったの」

それが精一杯《せいいっぱい》だった。

「柳田はクールなのに、そういうところもあって、かわいいって」

体中の血液《けつえき》が波《なみ》を打っているようだった。これが限界《げんかい》。これ以上《いじょう》はいえない。でももう、半分はわたしの気持ちをいったも同然《どうぜん》。恥《は》ずかしくて柳田《やなぎだ》の顔がみられない。

だけど……。

「バカにするな！」

柳田の声が、落下したつららのようにわたしの頭から足もとに突《つ》き刺《さ》さる。

「おまえ、どこまで無神経《むしんけい》なんだよ。かわいいってなんだよ！」

柳田が何をいっているのか、さっぱりわからなかった。

体中の血液が波打つ中、こんなに一生懸命《いっしょうけんめい》いったのに。無神経って……。

なんでそんなふうにとられるの？　なんでそんなに怒ってるの？

じゃあ、「好《す》きだから」までいえばよかったの？

でも、あそこまでがわたしには精一杯《せいいっぱい》だよ。

ほんとうに精一杯の言葉だったのに、どうしてそんなふうにとられるの？

「柳田のほうが、ずっと無神経だよ」

気がついたら、体を震《ふる》わせながらぼそりといっていた。なんでわたし、震えてるんだろう？　怒《おこ》ってるの？　それとも、泣《な》きたいのをこらえているの？

「おれのどこが無神経《むしんけい》だ！」

「なんにもわかってないじゃん！」

そうだ、なんにもわかってない。

おばさんの気持ちも、西尾《にしお》さんの気持ちも。そして、わたしの気持ちも。

しかも、わかろうともしていない！

「何がどうわかってないんだよ？」

何がどうって……。説明《せつめい》がむずかしすぎるよ。

「おとなになればわかるよ！」

わたしは体に力を入れて、声をだした。

「おとなになればって、子どものおまえにいわれたくねえよ！」

「ちがうよ！　おとなになって、人を好《す》きになればわかるってことだよ！」

柳田《やなぎだ》の表情《ひょうじょう》が一瞬《いっしゅん》、止まった。

「おとなになって、人を好きになって、おじさんとおばさんみたいに結婚《けっこん》したり、けんかしたり、山小屋の手紙の人みたいにラブレター書いたりすれば、柳田《やなぎだ》が今わからないこと、全部わかるよ！」

さっきとはちがう意味で血液《けつえき》が波打《なみう》っている。さっきは必死の中にも甘《あま》さとかやわらかさとかがあったけど、今はただ興奮《こうふん》しているだけだ。

そして、わたしは興奮しながらも、とんでもないことに気づいてしまった。

たぶん、ううん、きっと、柳田は、おとなにならないかぎり、わたしの気持ちなんかわかってくれない……。

わたしは柳田に登山に誘《さそ》われただけでひとりで舞《ま》いあがっていたけど、誘われたのは自分だけじゃなかったって気づくと落ちこんで、でも柳田にひっぱりあげてもらったりすると、また心の温度が上昇《じょうしょう》して、でも白河《しらかわ》さんとの素直《すなお》なやりとりとか聞くと、どうして自分はそれができないの？　って考えたりして、いつもひとりで悩《なや》んでいて……。

でもそういうこと、今の柳田じゃ絶対《ぜったい》にわからないよ。

もしさっき、「かわいい」じゃなく、「好《す》き」までいったとして、「はあ、なんですか。それ？」で終わってしまうよ。

わたし、気づいちゃったんだ。そこに気づいちゃったんだ。こんな悲しいこと、気づかなければよかった。

「おい。何ぼーっとしてるんだよ。山小屋とかいってることわからねえよ。おまえ、昔から、とつぜんヘンなこといいだすんだよな」

「もういい」

「え……」

「もういいよ！　わかっちゃったんだよ！」

「何がわかったんだよ。おれはぜんぜん、わからねえよ！」

わたしは、柳田《やなぎだ》の顔をみた。すると、自然《しぜん》に口が動いた。

「もういくね」

柳田のわたしをみる顔が変わった。急にうろたえたようにみえる。

「い、いくって、ど、どこに」

「バイバイ！」

わたしは、手をふって、走りだした。

柳田《やなぎだ》の「バイバイってなんだよ」という小さな声が聞こえたけど、聞こえないふりをして走った。

泣《な》くもんか。だって今泣いたら、待《ま》ち合わせしているふたりと顔をあわせられなくなる。

「いるかちゃん」

フェアリーが現《あらわ》れた。

「柳田くん、いるかちゃんにほんとうのことをいわれたから、恥《は》ずかしくてたまらなくなって怒《おこ》ったんだよ」

「恥ずかしいって？　お母さんが好《す》きなことを恥ずかしいっておかしくない？」

「いるかちゃんからすれば当然《とうぜん》のことだけど、柳田くん、男の子でしょ。女の子から、お母さん、大好《だいす》きなんだねって、しかもそこがかわいいね、みたいな言葉はね……。柳田《やなぎだ》くんからすると、真実なだけに怒《おこ》っちゃうしかなくなっちゃうんだ」

フェアリーのいってることがわからなかった。男の子って、柳田って、何を考えてるのかわからない。

駅につくと、白河《しらかわ》さんが手をふってわたしをむかえてくれた。

「いるかちゃん、顔色わるいけど、なんかあった？」

「ううん。走ったから疲れただけ」

しばらくすると西尾《にしお》さんもやってきて、「いきましょう」といった。

わたしたちのラブレターを届《とど》ける旅がはじまった。

白河さんと西尾さんと待《ま》ち合わせをしていてよかった。

あのまま家に帰ったら、ひとりで暗くじめっとしているだけの日曜日になったと思う。

わたしは手紙の入っているななめがけバッグのつりひもをぎゅっとにぎった。

この手紙をどうしても届けたい。強くそう思った。

でもなんでそう思うんだろう？

いるかちゃん、おとなの女性と語る

途中《とちゅう》乗りかえて、荻久保町《おぎくぼちょう》には、ほんとうにジャスト四十五分でついた。

駅前の通りにでると、いきなり煙《けむり》に襲《おそ》われる。

「な、何これ？」

わたしが、煙を手ではらうと、

「この町、焼《や》き鳥屋がやたら多いのよ。しかも日曜は、昼間からどの店もたくさん焼くから」

と、西尾《にしお》さんが解説《かいせつ》してくれた。

よくみると、焼き鳥屋さんが何軒《なんげん》も並《なら》んでいて、店の外のいすに腰《こし》かけて食べたり、飲んだりしている人がたくさんいた。どの人も笑っている。みんな、楽しそう。

「まずは、時山時江《ときやまときえ》のアトリエからいきましょう」

西尾《にしお》さんがプリントアウトした紙と電信柱《でんしんばしら》の番地を確認《かくにん》しながら、

「こっちよ」

と方向を示してくれた。

線路沿《せんろぞ》いを歩きだすと、逆側《ぎゃくがわ》にアジアンテイストのレストランやヨーロッパの古着屋さんがつぎつぎと登場してくる。

そして、どのお店の店員さんも、お客さんとお友だちみたいな雰囲気《ふんいき》で楽しそうだった。

「ついたとしてもいるかな？　日曜日って絵を描《か》かないかも」

白河《しらかわ》さんが心配《しんぱい》そうにたずねると、西尾さんが答えてくれた。

「きょうは、偶然《ぐうぜん》にも三か月に一度の絵画教室の日なの。だから、必ずいるわ。教えている最中《さいちゅう》で話せなかったら、待《ま》っていればいいし」

西尾さんの完璧《かんぺき》な答えとリサーチ力に、わたしは感心するしかなかった。

西尾さん、最初《さいしょ》は時なんとかさんを探《さが》すのに乗り気じゃないっていうか、わたしの考えに反論《はんろん》していたけど、結局《けっきょく》一番がんばってくれた。

もし、時山時江《ときやまときえ》さんがこの手紙をうけとる予定《よてい》だった人なら、探《さが》し当てたのは西尾《にしお》さんのおかげで。

柳田《やなぎだ》のやつ、西尾さんのことをわるくいっていたけど、西尾さんはふだんはとてもできる人なんだよ。

ただ柳田のこと好《す》きだから、はげしく怒《おこ》ったりニコニコしたりしちゃうんだよ。

柳田ったら、もう、そういうのぜんぜんわからないんだよ。そして、わたしの気持ちもぜんぜん……。

「ここ曲がったら、あるんじゃないかしら?」

西尾さんがコンビニエンスストアの角を曲がり、しばらく歩くと……。

目の前に、白い木でできた二階《かいだ》建ての小さくて洋菓子《ようがし》でも売ってるかのようなかわいらしい建物が現《あらわ》れた。

大きな窓からのぞくと、七、八人の小さな子どもが、大きなテーブルでキャッキャと絵を描《か》いている。

そして、ウェーブヘアをゆらしながら部屋を歩く女の人が、窓ごしにこっちをみた。

時山時江《ときやまときえ》さんだ！　ごくりとつばを飲みこむ。

すると、時山さんは歩いてきて、ドアをあけた。

意志《いし》の強そうな瞳《ひとみ》、さっきの古着屋さんで売ってたようなロングのワンピース。この人がこの手紙をうけとる予定《よてい》だった人なの？

手紙の送り主が、人生をささげようとした女性なの？

「きょうは低学年《ていがくねん》の日で、あなたたちは参加《さんか》できないんだけど……」

時山さんは困《こま》った顔をして、西尾《にしお》さんと白河《しらかわ》さんをみた。

けど、うしろにいるわたしに気がつくと……。

「あ！　その子が参加するから、つきそいでここまできてくれたんだ。えらいえらい」

と、西尾さんと白河さんをほめ、わたしに「さあ、どうぞ」と部屋に入るようにすすめてくれた。

ううう。ちがう！　わたしが怒《おこ》っていると、西尾さんが冷静《れいせい》にいった。

「わたしたちは全員六年生です。水野《みずの》さん、例の手紙だして」

しまった。怒ってる場合じゃない。わたしは、バッグからあわてて手紙をだした。

「実はわたしたち、人探《さが》しをしているんです」

西尾《にしお》さんがそういうと、時山《ときやま》さんは「人探し？」とくり返した。

部屋の片すみに、時山さんがおりたたみのいすを四つ並《なら》べてくれた。

時山さんとわたしたち三人は、むかい合わせになる。

そして、時山さんは、わたしのだした手紙をじっと読み、顔を上げた。

「へえ。鷹尾山《たかおさん》のおんぼろ小屋でこれを発見し、『時』の字のつく女性を探しているんだ」

時山さんはわたしたちに感心しているようだった。

「で、思いあたることありますか？」

西尾さんが切りこんだ。わたしは両手をあわせたい気持ちになった。お願《ねが》い！　そうであって！

ところが……。

「ごめん。全くない」

時山《ときやま》さんのその言葉に、わたしたち三人はいっせいにがっくりとうなだれた。

そ、そんな……。

「やだ。ショックうけないで。ごめんね。遠いところからわざわざきてくれたのに」

「あ、別《べつ》に時山さんがわるいというわけでは」

白河《しらかわ》さんが場をなごませようと軽《かる》く笑った。

「まず、わたしは、鷹尾山《たかおさん》にいったことは一度もないし、今までつきあった男の人をざっと思いだしても、こういう文面を書きそうなタイプはひとりもいない」

今までつきあった男の人。

そういうことをさらりというおとなの女性に会ったことがないので、その言葉だけで心《しん》臓《ぞう》の音が速くなってしまう。

「時山《ときやま》さんがおつきあいしてなくても、ずっと遠くから片思いされていたってこともありますよね。その人がわたせなくて、小屋に捨《す》てちゃったってことも」

西尾《にしお》さんが、恋愛探偵《れんあいたんてい》のようなことをいいだす。

さすが西尾さん！　そういう推理《すいり》もあるよね。

すると　時山さんが笑った。

「この文面からすると、このふたりはふつうにおつきあいしてると思う。男の人は、女の人の家族とも会ってる気がする。ただ、口ではいいにくいから、手紙にしたんじゃない？」

うわあ、やっぱりおとなの女性！　西尾さんの推理より、時山さんのほうが説得力《せっとくりょく》がある。

わたしは、思い切って聞いてみることにした。

「あのう。時山さんからすると、この手紙はどうして小屋にあったんだと思いますか？」

「う〜ん。そうだなあ。たぶん、この男の人は、相手の女性を鷹尾山《たかおさん》に誘《さそ》って、登ったところでこの手紙をわたそうとした。でも、なんらかの事情《じじょう》でわたせなかった。でも、わたせなくても、そこにおくかな……。むずかしいなあ。ごめん、これはいい答えがみつからない」

時山《ときやま》さんみたいにたくさん恋《こい》してそうな女性でも、わからないのか。それじゃ、わたしたちに絶対《ぜったい》にわかるわけがない。

「あ、でも、この『愛《あい》に満《み》ち溢《あふ》れた荻久保町《おぎくぼちょう》から』ってところは、わかる」

うなだれていたわたしは、ぱっと顔を上げた。

「ここ、へんな町で、町の人みんな知り合いみたいになっていくの。駅前の焼《や》き鳥屋なんか、だれがいっても、そこにいる人全員と友だちみたいになっちゃうからね。名前もどこに住んでるかもわからないのに」

わたしは焼き鳥屋さんをはじめ、くる途中《とちゅう》のお店や町を歩く人たちを思いだした。

そういわれると、みんな友だちみたいな雰囲気《ふんいき》がある。

「ふつうどんな土地でも、あの人はサラリーマン、この人は仕事もせずぶらぶらしている人とか、そういう線引きがあるじゃない。この町はそれがないのよ。わたしも、絵の勉強をかねてあちこち住んだけど、結局最後《けっきょくさいご》はここに永住《えいじゅう》しそうだもん」

「つまり、これを書いた男の人は、時なんとかさんにプロポーズして、彼女《かのじょ》をつれだしていいのか迷《まよ》ったんですね」

西尾《にしお》さんがそういうと、時山《ときやま》さんは「たぶん」と答えた。

「先生！　わたしのゾウ、何色がいいかな」

ちびっこたちが声をだした。目が「先生を返して」とうったえている。

しまった！　わたしたちが先生をとっちゃったんだ。

「白河《しらかわ》さん、水野《みずの》さん、おいとましましょう。時山さん、お忙《いそが》しい中ありがとうございました」

西尾さんが完璧《かんぺき》な礼儀《れいぎ》作法でしめくくると、時山さんは「ちょっと待《ま》って」と、わたしたちの似顔絵《にがおえ》を三枚《まい》のカードに書いてわたしてくれた。

それは、みんな飛びあがるぐらいうれしいことだった。

時山さんは手紙をうけとるはずだった人じゃなかったけど、いろんな話が聞けたし、おまけにこんなすてきなものまでもらえた。

きっと、人生にむだはないんだ！

時山時江《ときやまときえ》さんのアトリエをあとにし、わたしたちはもうひとりの可能性《かのうせい》、喫茶《きっさ》「タイム」の時田《ときた》さんにかけることにした。

西尾《にしお》さんと白河《しらかわ》さんがプリントアウトした地図をみながら歩き、わたしはあとをついていく。

お願《ねが》い、つぎこそこの手紙をうけとる予定《よてい》だった人に会えますように。

「ねえ、あそこじゃない」

白河さんの視線《しせん》の先、横断《おうだん》歩道のむこうに喫茶「タイム」があった。

「いきましょう」

西尾さんの声にわたしも白河さんもうなずき、横断歩道をわたった。

そして西尾さんは、さっさと喫茶店のドアをあける。

ちょっと行動早いよ。少し前おきとか心の準備とかしようよ。

だって、ここが最後《さいご》の手がかりなんだから。ちがったらどうするの？

すると……。

「いらっしゃいませ……あれあれ、あなたたち子どもだけできたの？　お母さんたちはあとから？」

カウンターの中でコーヒーをいれているおばあさんが、わたしたちに声をかけた。

店の中は、このおばあさんと、カウンターの席《せき》で新聞を読みながらコーヒーがくるのを待《ま》っているおじいさんしかいなかった。

わたしは……もしやと思った。西尾《にしお》さんと白河《しらかわ》さんも、わたしと同じことを思った顔をしている。

西尾さんが覚悟《かくご》を決めて、聞いた。

「ひょっとして、時田《ときた》さんですか？」

「そうだけど」

おばあさんのその声にがくんときた。だめだ。このおばあさんではないと思う。

西尾さんもがっくりした気持ちをおさえながら、もう一度質問《しつもん》する。

「あの……ブログ書かれてますよね」

「あれ？　よく知ってるね」

おじいさんが新聞から目を離《はな》す。

「パソコン教室通ってるんだよ、この人」

時田《ときた》さんは、ほこらしげに笑った。

「水野《みずの》さん、手紙」

「え？」

「手紙よ。あれをみせなきゃ、はじまらないでしょ」

わたしは西尾さんの耳もとに手をあて、小さな声をだす。

「絶対《ぜったい》にちがうよ。このおばあさんじゃない。もう帰ろう」

「わたし、そういう中途半端《ちゅうとはんぱ》なことってきらいなの」

西尾さんがそういうので、わたしはバッグから手紙をだし、西尾さんがことを簡単《かんたん》に説明《せつめい》した。

「へえ。あんたたち、すごいことやってるね。まあ、わたしも若《わか》いころはいろんな男に愛《あい》されたからね」

おばあさんのうっとりした顔にわたしは、仰天《ぎょうてん》した。そうか、今はおばあさんだけど、若《わか》いころは、時山《ときやま》さんみたいだったのかもしれない。

「でも残念《ざんねん》ながら、わたしじゃないよ。男にも女にも鷹尾山《たかおさん》に誘《さそ》われたことは、一度もないし、山登りが趣味《しゅみ》の、こんなインテリかぶれの男によってこられたこともない」

わたしは小声で西尾《にしお》さんに「インテリかぶれって何？」と聞くと、西尾さんも小声で答えてくれた。

「たぶん、頭はいいけどあまりかっこよくないとかって意味だと思う」

なるほど……。

おばあさんは、新聞を読んでいるおじいさんに手紙をみせていた。

おじいさんはポケットからメガネをだし、「ほう」とか「へえ」とか「恋文《こいぶみ》かい？」とかつぶやいていた。

一つだけはっきりした。つまり、ここで全ての糸は切れてしまったということだ。

西尾《にしお》さんと白河《しらかわ》さんも肩《かた》を落としている。

「帰ろうか」

わたしは、そういうしかなかった。

おばあさんは、「せっかくきてくれたのに、役に立てなくてごめんよ」と、わたしたちにコーヒーにそえるクッキーのおみやげを持たせてくれた。

夕方前のけだるい日ざしが電車の窓を通りぬけ、わたしたちの顔をてらしていた。

「おみやげだけ増《ふ》えちゃったね」

真ん中に座《すわ》っていた白河さんがいった。

「これ以上《いじょう》は、探偵《たんてい》でもやとうしかないわね」

西尾さんがくやしそうな声をだす。

わたしはにょきりと首をのばし、白河さんのむこうの西尾さんにいった。

「西尾さん、助かったよ」

「助かったって何が？」

「だって、一番がんばってくれたの西尾《にしお》さんだから。わたしだけじゃあ、どうしていいのかわからなかったし」

「そうね。西尾《にしお》さんのおかげでいい線までいけたもんね。荻久保町《おぎくぼちょう》にもはじめて降《お》りられたし」

白河《しらかわ》さんもそういってくれた。

「わたしはだれも助けてない。こういうことは結果《けっか》が大事なの」

西尾さんは、まるで自分のせいとでも思っているかのようだった。まじめで完璧主義《かんぺきしゅぎ》の人。だから、柳田《やなぎだ》にも頭にきちゃうんだろうな。柳田くんはああいう子だから、ですませられないんだな。

「ねえ。柳田くんのお父さんに相談《そうだん》してみない？」

白河さんの言葉に、わたしと西尾さんは「え？」と声をだす。

「柳田くんのお父さん、頭がいいから、何かいいアイディアをみつけてくれるかも」

わたしは賛成《さんせい》！　とは思ったものの、今は柳田と関わっているものすべてに触《ふ》れたくない心境《しんきょう》だった。どうしよう。そのとき、西尾さんがはっきりといった。

「わたしはいや」

「どうして？」

白河《しらかわ》さんが質問《しつもん》する。

「だって、柳田《やなぎだ》くんが『女子でもいいや』っていったとき、おじさん、笑ってたじゃない。怒《おこ》ってくれてもいいと思うんだけど」

あちゃあ。やっぱりまだこだわってる……なんて、えらそうなことといえない。わたしなんて、すごいけんかしちゃったもん。

でも、白河さんはさらに言葉をつづけた。

「けどこのままだと、鷹尾山《たかおさん》までつれていってくれるおとなも探《さが》さないといけないし」

「白河さん、どういうこと？」

「だって、いるかちゃん。その手紙、小屋にもどすしかないじゃない。でも、子どもだけだとあぶないし」

そうだ！　みつからなかったらそうすることになっていた！

「もし、だれかに山登りのつきそいを頼《たの》むとなったら、やっぱり、柳田くんのおじさんしかいないんじゃないかな……？」

白河《しらかわ》さんが下をむきながら、目だけで西尾《にしお》さんをみる。

どうする、西尾さん？

「わかったわよ、白河さん」

西尾さんはしぶしぶだけど、そう口にした。

柳田《やなぎだ》くんのぼやき　その③

いるかのあの言葉って、どういう意味だったんだ？

もういくね。バイバイ……って。

いるかのうしろ姿《すがた》がどんどん遠くになっていったときの、とり残《のこ》されたようなあの感《かん》覚《かく》はなんだったんだ？

ふつうに考えれば、あのあと用事があって、そこにいかないといけない。だからバイバイってことなんだろうけど。ただ、それだけに思えない。

考えすぎかもしれないけど、ずっとここには、おれとはいられない。だから、バイバイっていう感じがするんだよ。

まあ、おれも怒《おこ》りすぎたんだよ。あいつなりに、心配《しんぱい》してくれて話しかけてくれたのに。

けど、あのいい方が許《ゆる》せないんだよ。

おれがマザコンみたいじゃねえか。しかもかわいいって。バカにされてるみたいに思えてくるんだよ。

でも、おれといるかがけんかしたっておかしいよな。あいつ、はじめはおれの話を聞こうとしてくれていたんだ。それに、おれものったっていうか、甘《あま》えたっていうか。

なのに、なんで、けんかになったんだよ。

なんで、母さんと父さんがけんかしたからって、おれといるかまでけんかしてるんだよ。

いらだちながら、ポテトチップスの袋《ふくろ》に手をのばす。

あれ……もうない。

やべえ。いるかに腹《はら》を立ててたら、一袋食《く》ってしまった。食べすぎだろ。

床《ゆか》に寝《ね》ころんだまま天井《てんじょう》をながめると、頭の下から、笑い声が聞こえた。

なんだ？　立ち上がり、自分の部屋のドアをあける。

笑い声だ。父さんと母さんの……。

静《しず》かに階段《かいだん》を降《お》りると、会話まではっきりと聞こえてきた。

「これ、いいじゃない」

「それは頂上《ちょうじょう》で貴男《たかお》が撮《と》ったんだ」

リビングに近づくと、父さんと母さんがテーブルで笑いあっていた。

「あ、貴男。登山の写真、さっき、大量《たいりょう》にプリントアウトしたんだ」

「わけておくから、あした、学校でみんなにわたしなさい。ええと、このふっくらした子が白河《しらかわ》さんね。白河さんの写っているのは、と……」

「それは、手しか写ってないじゃないか？」

「少しでも写ってるならあげたほうがいいわよ」

なんだ、このほほ笑ましい雰囲気《ふんいき》は？

けんかしてたんだろ？　なんで、こんな仲《なか》がいいんだよ。いつの間にもとにもどっているんだよ。

おれは、さっきいるかとけんかしたんだぜ。

母さんのこと相談《そうだん》してたら、知らないうちにどなりあってたんだぜ。

あいつ、おれにバイバイっていったんだぜ。

なのに、どうして母さんと父さんは笑いあってるんだよ。さっきまで、二年に一度けんかしてるってまずいよなって、いるかに相談《そうだん》していたおれがバカみたいじゃないか。急に仲《なか》よくしてるんじゃねえよ！

「貴男《たかお》、口についてるの何？　あ！　あんた、まさか、ポテトチップス部屋で食べたんじゃないでしょうね」

おれは、あわてて口をぬぐう。

「お菓子《かし》はここで食べなさい。部屋、汚《よご》すでしょう」

「貴男も、たまにはひとりで部屋でポテトチップスが食《く》いたかったんだろう」

「あなたがそうやって甘《あま》やかすから」

父さんと母さんのやりとりが、おれの頭の中で一枚《まい》の絵のように切りとられた。そして、その絵はどんどん遠ざかっていく。

「ね。貴男。いるかちゃんのぶん、今持っていってあげたら」

おれは、「いるか」という三文字にびくんと体が震《ふる》えた。

「そうよ。それがいい」

母さんは勝手にはしゃいで、いるかの写っている写真をまとめていく。

その中でいるかは笑っていた。いるかの笑顔を今はみたくない。いや、みられない。

「いやだよ」

はき捨《す》てるようにいった。

母さんが「え？」って顔をする。

「母さん、自分でいけよ！」

母さんの顔がぴたりと止まる。父さんも「どうした」と立ち上がる。

そのとき、玄関《げんかん》のチャイムが鳴った。

ラブレターのひみつ

「いらっしゃい……？　勢《せい》ぞろいでどうしたんだい？」

柳田家《やなぎだけ》のドアをあけたおじさんが、突然《とつぜん》やってきたわたしたち三人をふしぎそうにみていた。

西尾《にしお》さんが、わたしの背中《せなか》をおし、前にだす。

もう。そんなにおじさんのこと、きらわないでも。でも、手紙を持ってきちゃったのはわたしだもんね。よし。

「あ、あの、おじさんに相談《そうだん》があるんです」

「そうだん？」

おじさんは、きょとんとしていた。

「実はあのとき、山小屋でおじさんと話したとき、わたし、この手紙をゴミとまちがえて持って帰ってきちゃって」

バッグから手紙をとりだし、おじさんにわたす。

「そ、それで、その、その宛名《あてな》の人、時なんとかさんを探《さが》していて。とにかく、この人を探しに荻久保町《おぎくぼちょう》までいってきて。ええと、それで何がいいたいかっていうと……」

わたしは、必死でおじさんに全てを説明《せつめい》しようとした。だけど、途中《とちゅう》で止めた。

と、いうのはおじさんの様子がおかしいから。

おじさんの、表情《ひょうじょう》は止まったまま。そして、体をかすかに震《ふる》わせながら、手紙を読んでいた。

「どうしたんですか？」

白河さんがそっと聞いた。

それでもおじさんは何も答えない。けどしばらくすると、手紙を封筒《ふうとう》にもどし、上をみあげ、ふっと笑った。

な、何、この反応《はんのう》？　何を意味しているの？

おじさんがメガネのブリッジに指をあてた。

「これ、どこにあったの？」

「あの山小屋に。あ、おじさんといたとき発見したんです！」

「こんなことって……」

おじさんは苦笑しながら、軽《かる》く頭をふった。

そして、わたしの顔をみた。

「さっきの話からすると、いるかちゃんたちはこの手紙をうけとるはずだった人を探《さが》しに、荻久保町《おぎくぼちょう》までいっちゃったのかな？」

「そうです」

「それは、わるいことさせたなあ」

わたしたち三人はおじさんの言葉に顔をみあわせる。

そしておじさんがいった。

「この手紙をうけとる予定《よてい》だった人は時子《ときこ》さんって名前だ。今、柳田時子《やなぎだときこ》として、この家に住んでいる」

わたしはおじさんの言葉の意味がよくわからなかった。

柳田時子《やなぎだときこ》？　ここに住んでる？　だけど、そのつぎの言葉で、だいたいのことが飲みこめた。

「そして、これを書いたのは二十年前のぼく」

最初《さいしょ》は三人とも「え？」と数秒間《すうびょうかん》口をあけるしかなかった。

けど、その直後……。

わたしたちは、「えー！！！」と、近所迷惑《めいわく》になるような大声をだしてしまった。

おじさんにリビングに通され、ぞろぞろとやってきたわたしたちに柳田もおばさんもとまどっていた。
柳田と目があうと、むこうがすぐにそらした。この気まずさがつらい。
「貴男《たかお》、母さん、いるかちゃんたちが、ぼくに、いや、ぼくたち柳田家にどうやらすばらしいプレゼントを持ってきてくれたようだ」

おばさんも柳田《やなぎだ》も「なんのこと?」という顔で、おじさんとわたしたちを交互《こうご》にみる。

「母さん、そこに立って」

「は、はい」

おじさんとおばさんはむかい合わせになった。

「はい、これ。ぼくがあなたに二十年前、鷹尾山《たかおさん》の頂上《ちょうじょう》の小屋でわたそうとしたものです」

おばさんは、とまどいながら手紙をうけとった。

「な、何これ? すごい……昔って感じの手紙よね」

「そりゃあ、残《のこ》っていたのが奇跡《きせき》としかいいようのない手紙だからね」

おじさんにうながされ、おばさんは、手紙をみる。そして、読み終えると……。

おばさんは顔を上げ、おじさんをみた。

どきりとした。

だってそれは、はじめてみたおばさんの顔で、うまくいえないけど……好《す》きな人をみているおとなの女の人の顔だったから。

そして……。

「あのとき先にいわれちゃったから、わたせなかったんだよ」

朴訥《ぼくとつ》だけど、さらりとそういったおじさんにさらにわたしはどきりとした。

おじさんは柳田《やなぎだ》のお父さんで、近所の人で、単なるおとなだけど、その瞬間《しゅんかん》かっこい
い男の人にみえてしまった。

「そうだったの。ぜんぜん知らなかった」

おばさんは手紙を見ながら、今度は少女のようにはにかんでいた。

おじさんとおばさんが、わたしの知らなかった姿《すがた》をつぎつぎとみせてくれるので、わ
たしの心臓《しんぞう》は鳴りっぱなし！　もうやかましくてしかたがない。

「ありがとう」

おばさんは、ちらりとおじさんをみていった。

わたしは、この「ありがとう」って言葉がとてもふしぎだった。

二十年前に手紙を書いてくれてありがとう、なのか、それとも今わたしてくれてあり
がとう、なのか。

ううん、それだけじゃない。そこにはわたしには想像《そうぞう》のつかない、もっともっとたく

さんの「ありがとう」がこめられている気がした。そして、それはおとなにしかわからない、おとなにならないとわからない楽しいことなのかもしれない。

この手紙をはじめて読んだときも思ったけど、おとなっていいなあ。子どもには体験《たいけん》できない、楽しいことがいっぱいありそう。

おばさんは、今度はわたしたちに体をむけた。

「あなたたちもありがとう。よくわからないけど、大変なことがいっぱいあったんじゃない？」

「え？　まあ、どうでしょう？」

わたしは小首をかしげ、へへと笑った。

「よし。いるかちゃん、白河《しらかわ》さん、西尾《にしお》さんへの感謝《かんしゃ》をこめて、この手紙のいきさつでも話すか」

わたしと白河さんはおじさんの言葉に「知りたい！　聞きたいこといっぱい！」と声をあげた。

おじさんの話はこうだった。

さかのぼること、二十年前。

おじさんとおばさん（時子《ときこ》さん）は、おつきあいをしていた。おじさんも時子さんも口にはださなかったけど、おたがい結婚《けっこん》を意識《いしき》していたらしい。

ところが……。

当時、大学院生だったおじさんは、おばさんの家に遊びにいったとき、ショックをうけたそうだ。

おばさんは荻久保町《おぎくぼちょう》の出身で、お父さん、お母さん、つまり、柳田《やなぎだ》のおじいちゃん、おばあちゃんと三人で暮《く》らしていた。

家族三人がとても仲《なか》がよく、部屋に飾《かざ》られているこけし一つをとっても、「これは、時子が小学生のとき、三人で旅行にいって買ったんだ」という話になり、だされた料理のお皿にしても「これは、三人で町内の陶芸《とうげい》教室に通って作ったお皿だから、ぶかっこうでしょう」という笑い話になる。

おじさんは、目の前の三人に家族の歴史《れきし》と絆《きずな》を感じたんだって。

しかも、時子《ときこ》さんとふたりで町を歩くと、すれちがう人みんなと、時子さんは仲《なか》がいい。

おじさんは、急に結婚《けっこん》を、プロポーズを迷《まよ》いだした。

自分の研究のことを考えると、結婚したら時子さんをこの町からつれだすしかない。

おじさんは、研究のために、海外勤務《きんむ》になる可能性《かのうせい》だってあった。

けど、時子さんは自分と結婚するより、この町でお父さんとお母さんと暮《く》らしていたほうが幸せなように思えてきてしまった。

そして時子さんも、おじさんからプロポーズがないことに、次第《しだい》に不安を覚《おぼ》えだしたんだって。

「つまり、気持ちのすれちがいっていうか。そういうことってあるんですね」

おばさんがそこまで話すと、白河《しらかわ》さんが体に力をこめ、真剣《しんけん》に聞いた。

白河さんの体に力をこめる気持ち、すごくわかる。

身近《みぢか》なおとなが結婚するまでの話を聞いたことなんて一度もなかったし、しかも、それが、柳田《やなぎだ》のお父さんとお母さんだなんて。

おまけに、ところどころに、「おつきあい」とか「結婚」とか、「プロポーズ」とか小学生には遠い言葉を聞くと、どきどきしたりうっとりしたりで、心が大さわぎで、もうどうしていいのかわからないよ。

なのに……。

「それでつづきは?」

西尾《にしお》さんが落ちついた声で質問《しつもん》した。

地球がひっくり返るような大事件《だいじけん》を冷静《れいせい》に報道《ほうどう》するアナウンサーのようだった。

心が大さわぎのわたしがバカみたいなんだけど。

で、おじさんの話のつづきによると、おじさんは結局《けっきょく》、「そんなことを考えていたら、だれも結婚《けっこん》できなくなる」と答えをだし、プロポーズを決意。

けど、こんな重大な話は、何かしらから勇気を与えられないととても無理《むり》。そこで、登山が趣味《しゅみ》のおじさんは、山の神様の力を借《か》りることにした。

そして、あの手紙を書き、山小屋でわたそうと、プロポーズの計画を立てた。

そして、頂上《ちょうじょう》の山小屋につくと……。

「わたしからプロポーズしちゃったのよね」

おばさんが笑いながらいった。すると、おじさんも笑った。

「こっちはおしりのポケットからとりだそうとしていたんだけど。先にいわれたから動転して、どうしていいのかわからなくなったよ。てっきり持って帰ったかと思っていたんだけど。まさかあそこに残《のこ》っているとは。しかもいるかちゃんがあのとき発見して、そのあとみんなで荻久保町《おぎくぼちょう》までいってくれたなんて」

おばさんは驚《おどろ》いたやら恥《は》ずかしいやらといったふうに、わたしたちをみた。

でもそれは、こっちも同じ。

おじさんとおばさんに、自分の好《す》きな人のお父さんとお母さんの恋愛話《れんあいばなし》にすっかり圧《あっ》倒《とう》されてしまい、言葉がみつからない。

でも……。

一番圧倒されていたのは、柳田《やなぎだ》だった。

(父さんと母さんって、そうやって結婚《けっこん》したの？　おれ、なんにも知らなかった)

心の中でそういっているような顔だった。

「実は『貴男《たかお》』は、鷹尾山《たかおさん》からとった名前でもあるの」

おばさんが幸せそうな顔でいった。

わたしと白河《しらかわ》さんは「ええ?」と、一瞬《いっしゅん》はしゃいだが、柳田《やなぎだ》のいやそうな顔をみてやめた。

そうなんだよね。そういうのって親とかまわりからするといい話なんだろうけど、わたしも「水中出産《しゅっさん》だから『いるか』にしたの」ってお母さんが話すたびに、恥《は》ずかしくてちょっとイラッとくるんだよ。

そして、白河さんが、ひかえめながら最後《さいご》に大胆《だいたん》な質問《しつもん》をした。

「あのう。プロポーズの言葉って」

白河さんすごい! わたしもそこ聞きたかったけど、聞けない!

すると、おばさんがてれくさそうに、

「それは話せないわよ」

と恥《は》ずかしそうに笑った。

そのおばさんの恥ずかしそうないい方に、みんなもどっと笑った。

と、思ったんだけど……。

西尾《にしお》さんと柳田《やなぎだ》は笑っていなかった。いやな予感《よかん》がする。

そして、西尾さんが口をひらいた。

「あのう。温かい雰囲気《ふんいき》をぶちこわすような話で申《もう》し訳《わけ》ないんですけど、おばさんは『女子でもいいや』って言葉をどう思われますか?」

おばさんが「え」の形に口をあける。に、西尾さん、とつぜん、何を!

「柳田くんが、お弁当《べんとう》のときに、ほんとうは男子を誘《さそ》おうと予定《よてい》していたのに、みんな予定があるから『女子でもいいや』って、そう思ってわたしたちを誘ったって。それはそれでいいんです。でも口にだすことない。わたし、てっきりおじさんが柳田くんを注意してくれると思ったんです。けど、おじさんも笑ってるだけで。おかしいと思います」

今度は西尾さんの言葉に、ここにいる全員が圧倒《あっとう》された。

白河《しらかわ》さんは「その話、今、しなくても」といったふうに、あわわあわわと奇妙《きみょう》な動きをしている。

でも、わたしは、西尾さんのくちびるを真一文字にし、一点をみつめる顔をみて思った。

西尾さんは柳田からいわれたことを、ずっと気にしていたんだ。

そして、おばさんも、みかんの缶詰《かんづめ》のことがひっかかっていた。

はたからみると、くだらないとか、そんなこと
どうでもいい、って思われるかもしれない。

だけど、本人にとっては、女の子には、
女の人にはどうしても気にしてしまうことがある。

それは、もうどうしようもないことなんだ。

わたしは、柳田《やなぎだ》をみた。柳田は呆気《あっけ》にとられていた。

きっと、ぜんぜん覚《おぼ》えていないんだと思う。

わたしは、いった。

「謝《あやま》るべきだよ」

柳田と目があう。

「西尾さんのいうとおり、心の中で思うぶんにはいいよ。けど、口にだす必要《ひつよう》ないし、
柳田、あのとき西尾さんが一生懸命《いっしょうけんめい》作ったハチミツレモン、ばくばく食べていたじゃん。

女子でもいいやっていいながら、作られたものはばくばく食べるって、西尾さんも……

みていたわたしも同じ女子として気分わるいよ」

柳田《やなぎだ》は、わたしの言葉に驚《おどろ》き、ただそこに立っていた。

わたしは今、本音《ほんね》をいった。でも、本音をいったのに、ぜんぜん気持ちよくない。

でもいってしまったことは、もうもどってくれない。

そのとき。

「あなた、貴男《たかお》、西尾《にしお》さんに謝《あやま》りなさい」

おばさんが腕《うで》を組み、はっきりと口にした。

「え！」

柳田は驚き、おじさんも「おいおい」といった。

でも、おばさんは毅然《きぜん》としている。

「あなたたちふたりと暮《く》らす女子として、西尾さんのいいたいことは、とてもよく想像《そうぞう》ができます。あなたたちは、お勉強の面では、ふつうの男性より優秀《ゆうしゅう》でしょうが、女子に対して、余計《よけい》な一言をいったり、配慮《はいりょ》が足りなさすぎます」

すると、柳田が「女子って年齢《ねんれい》かよ」とボソリといった。

わたしは思わずふきだしそうになったけど、必死に耐《た》えた。

するとおじさんは、

「西尾《にしお》さん、わるかったね。ちゃんと、父として息子《むすこ》をしかるべきだったよ」

と頭をかいていた。

そして、柳田《やなぎだ》は……。もろに、不満《ふまん》そうだった。

でも、おばさんが目で「ほら」と催促《さいそく》すると、

「以後《いご》気をつけます」

となため上をみながらいった。

西尾さんをみると、わたしと同じだった。

思ったことを口にしたのに、思いどおり柳田は謝《あやま》ってくれたのに、何一つ楽しそうではなく、つらそうなだけだった。

そうだよね。西尾さんがほんとうに柳田に求めてることとちがうもん。

おじさんがいった。

「でもね、西尾さん、ぼくも貴男《たかお》も、こうみえてもいろいろ考えてることもあるんだよ。

けど、女の人には鈍《にぶ》いとか無神経《むしんけい》とかって思われちゃうんだよね」

西尾《にしお》さんは、笑ってるおじさんをみた。

小さな声でうつむきながら、

「まあ、そうかもしれないですね」

と、答えた。

わたしはおじさんの言葉にはっとした。

そして、急に自分が大きなかんちがいをしていたのかも、と思った。

そうだ、柳田《やなぎだ》、いってた。みんながけがしないようにってうしろから注意していたって。

なのに、わたしも西尾さんも、そんなこと、ぜんぜん感謝《かんしゃ》なんてしてなかった。ひょっとしたら、柳田からすれば、女子のほうがずっと鈍いのかもしれない。

パン！

おばさんが、手を叩《たた》いた。

「よし。この話は終わり！　みんな、写真、持って帰って！」

わたしたちは写真をみて、自分が映《うつ》っているものを手にとり、柳田家をあとにした。

山の神様が仕組んだこと

夜。

ベッドにもぐりこみながら、写真をみていた。

白河《しらかわ》さんと写ってる写真。全員でのお弁当《べんとう》の写真。そして、もちろん、そこには柳田《やなぎだ》も写っていて……。

「どうしたの、いるかちゃん。写真もよく撮《と》れているし、手紙のうけとり人はみつかったし、荻久保町《おぎくぼちょう》からはおみやげたくさんもらったし、めでたしめでたしじゃない」

「めでたし……じゃないよ」

「そっか。柳田《やなぎだ》くんのおじさんとおばさんは仲直《なかなお》りしていたけど、いるかちゃんと柳田くんは気まずいままだもんね」

「う〜ん、それもあるけど……」

「あるけど？」

フェアリーがわたしのすぐそばまできた。

「西尾《にしお》さんに謝《あやま》ってっていったこと……。あれ、ほんとうは、ちがうんだよ。ううん、ちがうってわけじゃないなあ。ええとね」

わたしは目をつぶり少し考えた。そして、また目をあけた。

「西尾さんに謝ってって気持ちもあったけど、わたしにも謝ってっていうか、柳田《やなぎだ》、わたしに何かいいたいことない？　って気持ちがあった。西尾さんを通して、柳田に自分にいってほしいことがあったんだ」

「なるほどね」

「でも、そういうの卑怯《ひきょう》だよね。だったら西尾さんみたいに、もう、ばしっと『わたしに謝って』っていっちゃうべきだよ。西尾さんって、なんだかんだいってもえらいよ。人探《ひとさが》しをするってなったら最後《さいご》まで徹底的《てっていてき》にやってくれるし。えらいといえば、白河《しらかわ》さんも。いつも冷静《れいせい》にまわりみて。そして、穏《おだ》やかにいうべきことはきちんといって。ふたりとも、自分のお弁当《べんとう》以外《いがい》にもみんなが食べられるものも用意してくるし。もし……」

「もし？」

フェアリーが興味深《きょうみぶか》くわたしをみる。

「もし……だよ。柳田《やなぎだ》が、西尾《にしお》さんか白河《しらかわ》さんを好《す》きになってもしかたないよね。それは、どうしようもないよ。だってふたりともレベル高いもん。西尾さん、前に告白《こくはく》に失敗《しっぱい》したっていってたけど、あれ、タイミングがわるかったんだよ（十巻《かん》を読んでね）。柳田がもう少しおとなになったときにもう一度したら、わからないよ。でも、わたしだったら……。たぶん、今だろうが、少しあとだろうが……。柳田、『おまえ、何いってるの？』で終わっちゃう気がする」

「ほう」

フェアリーは一言そういうと、だんまりになった。

あ、あれ……？　何かいいこといってくれるかな？　と思って、がんばって胸《むね》の中をこじあけたのに……。なんかいつもとちがうな。すると……。

「山の神様っているのかもね」

フェアリーがとうとつにいいだした。な、何、いきなり？

「鷹尾山《たかおさん》の神様は、ほんとうは柳田《やなぎだ》くんのお父さんとお母さんに、あの手紙を発見させるつもりだった。そして、昔を思いださせるつもりだった。けど……おばさんはこなかった。そこで、神様は考えた。おじさんに発見させるより、いるかちゃんに発見させて、おじさんとおばさんに届《とど》けさせたほうが、ふたりにとっては感動が深《ふか》いだろうと。だから、いるかちゃんには、あの手紙をみたときから山の神のパワーがのりうつった。だから、常《つね》に強い気持ちがわきでていた」

「え……？　そ、そうなの？」

すごい、フェアリー！　世の中のこと全ておみとおしなんだ。ところが……。

「な～んてことかもしれないね」

わたしは、フェアリーの返事にかくんと肩《かた》を落とした。

「か、かもしれないって、ちょっと！」

「ひょっとしたら、山の神様じゃなくて、あの手紙は自分をあるべき場所へもどしてくれる人をずっと待《ま》っていたのかもしれない。そこにいるかちゃんがやってきた。そして、いるかちゃんにすべてをゆだねたと」

「な、何、フェアリー！　ぜんぜんわからない」

フェアリーはこほんと咳《せき》ばらいをした。

「まあ、考え方はいろいろあるということですね」

「はあ……」

「例えば……。いるかちゃんと柳田《やなぎだ》くんはおたがいけんかした。けど、けんかというのは、いいあったというだけのことで、そのあとはひきずる必要《ひつよう》は全くないのです」

え……？

そういわれると……。別《べつ》にけんかしたからって、気まずくならなきゃいけないってことはないかも。そのあと何事もなかったように接《せっ》してもいいのかも。

そして、フェアリーが顔を近づけてきた。なんだ？

「ということで、あした、柳田くんに何事もなかったように接し、自分が一番いいたかったことをいうのが、フェアリーのおすすめです」

「な、何いってるの？」

何事もなかったように
自分の一番いいたかった
ことを伝えてみよう…☆

そういいながら、はっとした。自分が一番いいたかったこと……。

「ねえ、フェアリー」

けど、フェアリーはもうどこにもいなかった。

いるかちゃんが一番いいたかったのは？

翌朝《よくあさ》。

きのうのフェアリーの言葉を思いだしながら「いってきます」と、家をでると……。

うっ！

いきなり柳田《やなぎだ》が目の前に現《あらわ》れた。

「な、なんで！」

「なんでって、ここはおれの通学路《つうがくろ》だから」

そりゃそうだけど……。

「待《ま》ってたのかもよ～柳田くん」

フェアリーの声にはっとする。

まさか……。

わたしと柳田《やなぎだ》は、自然《しぜん》にとなりどうしになって、歩きだした。

けど……。く、暗い。き、気まずい。なんで、こんなへんな空気がただよってるの？

わたしは柳田の横顔をみる。そうか、わたしたちの間が暗いんじゃなくて、柳田が暗いんだ。

そして、柳田がぼそぼそといいだした。

「あのさ……。おれってさ……。ひょっとして女子にきらわれてるの？」

柳田の意外な問いかけに驚《おどろ》く。

え……いや、そうじゃなくて。むしろモテるっていうか好《す》かれているから、ああいう無神経《むしんけい》な一言の波紋《はもん》が大きくなっちゃうような。

でも、これ口にだせないし！　どうしよう？

「そうだな。おまえも女子だもんな。そこは答えられないよな」

何、そのいい方？　まるで、わたしたち三人がチーム組んで、柳田をおとしいれようとしているみたいじゃん！　もう！　どう、説明《せつめい》すればいいんだろう？

「ま、いいか。きらわれてるなら。それで」

うわ、今度はひらきなおってるよ？　弱ったなあ。

でも、よくよく考えると、柳田《やなぎだ》ってかわいそうだよね。だって、モテてるからもめごとが多いのに、そこに本人が全く気づいてないいんだもん。しかも、柳田の本心、少しでもわかろうとしているのなんて、せいぜい白河《しらかわ》さんぐらいだし。

「おまえさ、あの手紙とか、父さんと母さんの話ってどう思った？」

「どうって……」

なんだろ。どう答えていいんだろう。そして、どうして柳田の質問《しつもん》に心臓《しんぞう》の鼓動《こどう》が速くなるんだろう。ううん、柳田の質問にドキドキしているんじゃない。質問してきたのが柳田だからドキドキするんだ。

「ロ、ロマンチックなんじゃない」

そう答えるのが精一杯《せいいっぱい》だった。

ところが……。

「何がロマンチックだよ。けんかしたり、急に仲《なか》よくなったり、おまえらの持ってきた手紙で自分たちの幸せ自慢《じまん》みたいなのをおれたちにしてさ」

おまえらの持ってきたって……。そんなふうにとられちゃっているんだ。

もう、わたしたち疫病神《やくびょうがみ》あつかいになってる～。

「ふりまわされっぱなしだよ」

そういった柳田《やなぎだ》は、いじけていた。疲れていた。

ふりまわされっぱなしって、おじさんとおばさんに？　それともわたしたちに？

きっと両方なんだろうな。

でも。柳田にはわるいけど、いじけた柳田をみているとなぜか心が落ちついていった。

わたしに本音《ほんね》をぶつけてくれた柳田が、弱いところをみせてくれた柳田が、すごく近くに思えたんだ。

そのとき。

胸《むね》の一番奥《おく》の扉《とびら》に山からの風がふきこんだような気がした。

扉があき、言葉がすっと口からこぼれる。

「山登り、楽しかった」

柳田《やなぎだ》が立ち止まり、わたしをみる。

「険《けわ》しい道のとき、ひっぱってくれてありがとう」

そうだ。わたしは、このことがいいたかっただけだったんだ。

山登りに誘《さそ》われたことがうれしくて、別《べつ》にみんなといっしょでも、それはそれでとてもうれしいことで……。ただ勝手に、柳田とこうなりたい、ああなりたいって、妄想《もうそう》がふくれあがっていて、柳田には、ああいうことといってほしくない、こういうことといってほしいとか、これまた勝手な理想《りそう》があって、それがうまくいかないから怒《おこ》ったりしちゃって。

わたしは、柳田が腕《うで》をひっぱってくれたこ

とを思いだした。

胸《むね》に甘《あま》ずっぱいものが広がる。

ハチミツレモンとはぜんぜんちがう、甘ずっぱさ。

柳田《やなぎだ》がわたしから視線《しせん》をそらし、ズボンのポケットを不自然《ふしぜん》にいじりながら、とつぜん歩きだす。

あれ？　ないの？　なんの反応《はんのう》もないの？

白河《しらかわ》さんのときは「こちらこそ、ありがとう」っていってたじゃん！

どうしてわたしには何もないの？

「あのとき、なんでバイバイっていったんだよ」

「え？」

「だから、けんかしたとき。バイバイっていっただろ、おまえ」

もう。鈍感《どんかん》なくせにヘンなことだけ覚《おぼ》えてるんだから！

面倒《めんどう》くさいなと思いながら、柳田の横顔をみる。

おじさんがおばさんに手紙をわたしたときの横顔と、だぶった。

そうか……。

柳田《やなぎだ》のおじさんは、ふだんからは想像《そうぞう》もつかない情熱的《じょうねつてき》なラブレターを書いた。

と、いうことは、柳田にもそういうときが……人を好《す》きになるときがくるのかもしれない。

わたしは落ちつこうと軽《かる》く咳《せき》ばらいをした。

「こ、こほん。う〜ん。それはですねえ。わたしがバイバイといったのは、つまり、もう少し、わたしのことをわかってくれないと、というか、もう少しおとなになってくれないと、バイバイするよってことですねえ」

いった瞬間《しゅんかん》、どきんとした。柄《がら》にもなく、すごくおとなっぽいっていうか、大胆《だいたん》なことをいってしまった気がする。

わたしってば熱でもあるんじゃない？

きっと、きのうのおじさんとおばさんに影響《えいきょう》されちゃったんだよ。

ところが……。

柳田はぽかんとしているだけだった。

「人のことなんか、わからねえに決まってるだろ。それに、もう少しおとなになれって……。おまえにはいわれたくねえよ」

柳田《やなぎだ》はわたしの頭の上をみた。

身長のことじゃないんだよ～！

もうぜんぜん、だめだ。こうなったら、本当にバイバイしてやる！

あ、フェアリー、そんなところで笑ってないでよ！

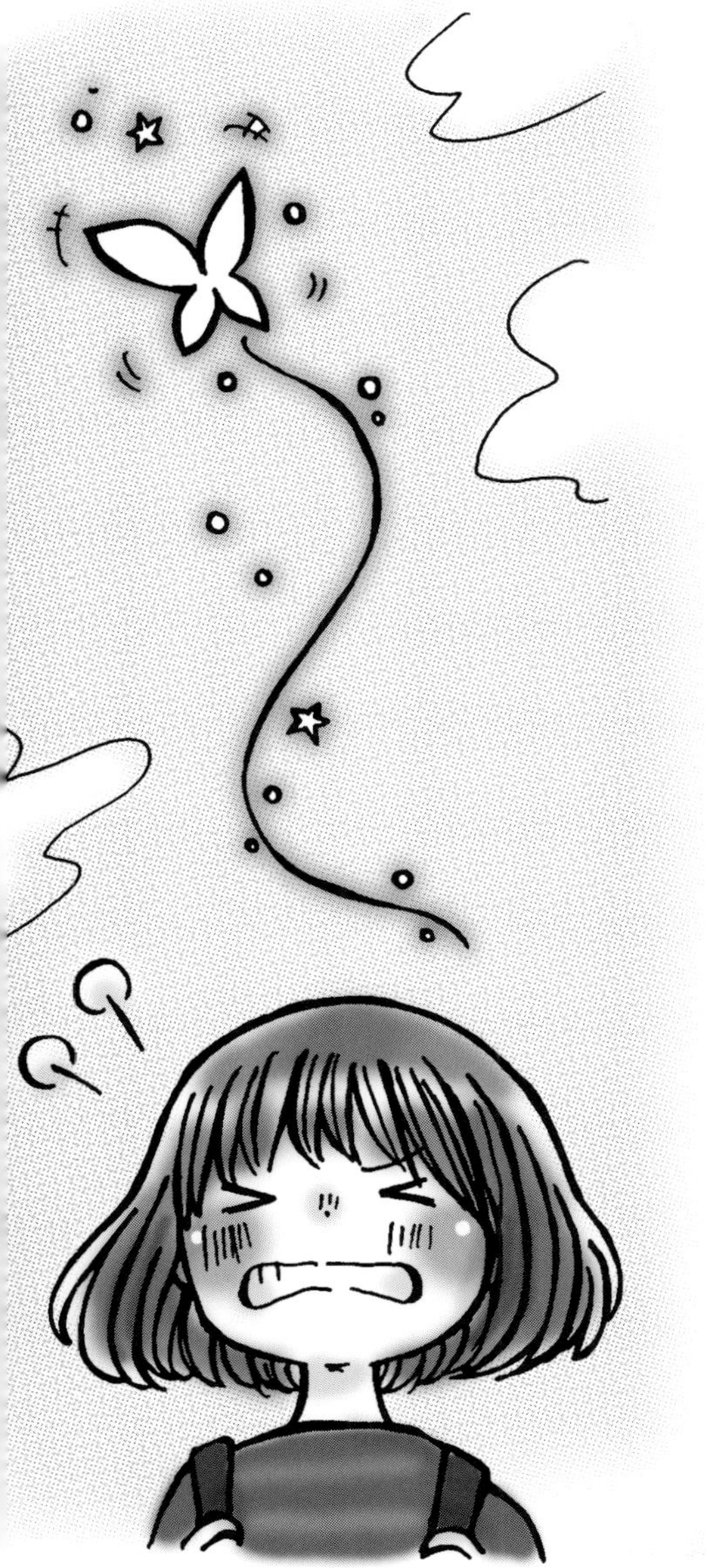

あとがき

みずの まい

おひさしぶり。みんな、元気だった?

わたしはといえば、今年はおねフェア五周年ということで、元気を通りこして、燃《も》えに燃えまくっています(暑苦しかったらごめんよ)。

とつぜんですが! みんなは、おとなのけんかに困《こま》ったことありません?

わたしは子どものころけっこうあったなあ。

お父さんとお母さんとか、親戚《しんせき》とか、あと先生どうしとかね。一番、弱ったのは、友だちが家族でリゾート地にいくからつれていってもらったんだけど、車の中で、友だちのお父さんとお母さんがけんかしだしちゃったの!

ひょっとして、わたしがついてきたからかな? とか余計《よけい》なかんぐりしてあせったよ~。

おとなどうしのけんかって、子どもからすると、原因《げんいん》がわからないからやっかいだよね。

でもね、おとなになると、あのときどうしておとながけんかしていたかがわかるようになる。

ある瞬間《しゅんかん》(みんなからすると、十年後とか二十年後とか)ミステリーが解《と》けます。これはおとなになる楽しみの一つでもあるので、たくさんごはん食べてがんばっておとなになってね。

楽しみといえば！　ファッションコンテストにたくさんの応募《おうぼ》、いつもありがとう！　わたしは、ファッションコンテストのはがきをみるのが、今一番の楽しみなの。

だって、どれこれもユニークで輝《かがや》いているから。もう、はがきからぴかーって光線がでてきそう。イラストレーターのカタノさんも楽しみにしているそうなので、載《の》る載らないは関係なく、楽しみながら描《か》いてね。

さて、つぎの十五巻《かん》！　な、なんと……そうじ中のハプニングで西尾《にしお》さんと柳田《やなぎだ》くんがキ……ス??　いるかちゃん、ショックでたおれちゃう?

あ。西尾さんといえば、二〇一五年夏に西尾さんが主人公の短編《たんぺん》がポプラポケット文庫から発売されるアンソロジーに収録《しゅうろく》されます！　エリカのぼやき、ぜひ読んで！

じゃあ、またね。

みずの まい

神奈川県に生まれる。日大芸術学部中退。初めて書いた小説『お願い！フェアリー♡　ダメ小学生、恋をする。』でデビュー。同シリーズに『はじめてのデートっ!?』『告白は、いのちがけ!!』『1日だけの永遠のトモダチ♡』『転校生は王子さま!?』『恋のライバルのヒミツ☆』『恋の真剣勝負！』『海辺の恋の大作戦！』『ファッションショーでモデルデビュー!?』『コクハク♥大パニック！』『修学旅行でふたりきり!?』『ゴーゴー！　お仕事体験』『キミと♥オーディション』（以上ポプラ社）がある。A型、魚座。http://ameblo.jp/fairytoirukachan/

カタノ トモコ

宮崎県に生まれる。イラストレーター。「一期一会」「BABYJAM」のイラストで人気を得る。作品に『わたし、孤島そだち。』『恋のおまもり。』（アスキーメディアワークス）「みずたま手帖」シリーズ（ポプラ社）。さし絵の作品に「お願い！フェアリー♡」シリーズ『わたしはみんなに好かれてる』『わたしはなんでも知っている』『あの日、ブルームーンに。』（以上ポプラ社）などがある。AB型、みずがめ座。http://mizutamacookie212.hatenablog.com/

お願《ねが》い！フェアリー♥
山ガールとなぞのラブレター

2015年3月　第1刷　2015年5月　第2刷

作 みずの まい　／　絵 カタノ トモコ

発行者 奥村 傳

編集 佐藤友紀子　／　デザイン 野田絵美

発行所：株式会社ポプラ社　〒160-8565　東京都新宿区大京町22-1

TEL 03-3357-2212（営業）　03-3357-2216（編集）

0120-666-553（お客様相談室）

振替00140-3-149271　ホームページ　http://www.poplar.co.jp

印刷・製本 中央精版印刷株式会社

ISBN978-4-591-14427-5　N.D.C.913/207P/19cm

落丁本・乱丁本は送料小社負担でおとりかえいたします。ご面倒でも小社お客様相談室宛にご連絡下さい。
受付時間は月〜金曜日、9:00〜17:00（ただし祝祭日は除く）

みんなのおたよりまってます♥

いただいたおたよりは編集部から作者におわたしいたします。

〒160-8565　東京都新宿区大京町 22-1

（株）ポプラ社　「お願い！フェアリー♡」係まで

西尾《にしお》エリカのラブレター講座《こうざ》

みんなはラブレターって書いたこと
あるかしら？
カレの心を動かす、とびっきりのラブレターの
書き方をレッスンよ！
まず、まいさんからトモくんへのラブレターをみてみましょ☆

トモくんへ

トモくん、ちょ～～～～すき♥
あたしのこと、もっとみて！
まいは、トモくんを
ずうううううっとみつめてるよ
すきになってくれなきゃだめよ～
だめだめ～

まいより

＊1
これはいきなり
下品すぎるわ!!
冷静《れいせい》になって！

＊2
命令《めいれい》はNG《エヌジー》！

＊3
あつくるしい
わね…。

＊4
意味不明よ!!!

正しいラブレターの書き方は
となりのページをみて!!